Die ungewöhnlichen Abenteuer des Bernd M.

Angelique V.

Books on Demand, Norderstedt

ISBN 9783732244850

Die ungewöhnlichen Abenteuer des Bernd M.

"Ist das wieder ein Verkehr auf den Straßen" seufzt Bernd
und wischt sich mit dem Handrücken über die nasse
Stirn. Es ist die letzte Tour und dann Feierabend, aber es
ist jedes Mal stressig.
Von hinten verspürt er einen Stups und will schon gleich
ungehalten reagieren, aber da schauen ihn zwei treue
Augen von einer alten Frau an, die ganz verunsichert ist.
"Bitte verzeihen Sie, mein Herr aber ich weiß nicht, wo ich
aussteigen muss. In meinem Alter ist man schon öfter
desorientiert."
Bernd musterte sie kurz mit seinen braunen Dackelaugen
und lächelte mild.
"Wo wollen Sie denn hin, My Lady?" Die Dame denkt
angestrengt nach und dann fällt es ihr wieder ein. "Ich
muss in Siegburg aussteigen."
"Sehen Sie, es sind noch sechs Stationen, aber ich sage
Ihnen Bescheid."
Bernd schmunzelte vor sich hin und schaute zwischen
Durch in den Rückspiegel, wo ihm eine junge Frau ins
Auge fällt, die sich merkwürdig verhält.
Es ist seine erste Tour mit dem neuen Bus, den man ihn
anvertraut hat.
Bei jeder Station wird die Lage langsam übersichtlicher,
wenn die Fahrgäste aussteigen.
Kurz vor der Endstation schaut er noch einmal in den
Spiegel und die junge Frau sitzt immer noch unverändert
in der letzten Reihe.
Er lenkt den roten Büssing zur Endstation und spricht
Durch das Mikrophon
"Siegburg, Endstation. Bitte alle aussteigen." Die ältere
Dame steht vorsichtig auf und steigt vorne aus.

"Auf Wiedersehen mein Herr, Sie waren sehr nett."
Bernd geht zur letzten Reihe und erinnert noch einmal daran, dass die junge Frau aussteigen müsse.
Weil sie immer noch nicht reagiert, berührt Bernd sie an den Schultern und da fällt sie steif zur Seite.
Bernd wird blass und lässt sofort los. Sein Blick hetzt hin und her, was er tun soll.
Er springt aus dem Bus, schließt die Tür ab und rennt zum Bahnhof, der ganz in der Nähe ist.
Keuchend und außer Atem erreicht er die Telefonzelle und wählt die Nummer der Polizei.
"Hier spricht Bernd Müller, ich bin Busfahrer und in meinem Bus befindet sich eine Tote. Bitte kommen sie schnell zur Endhaltestelle, mein Bus ist ein roter Büssing mit dem Kennzeichen SU-CR 520. Ich warte vor dem Bus."
"Wir kommen sofort, Herr Müller."
Bernd legt den Hörer auf die Gabel und verlässt die Telefonzelle. Seine Knie sind ganz weich und drohen einzusacken, als er zum Bus zurück läuft.
Da kommt der rote Audi Coupe um die Ecke, Bernds Frau die ihn abholen will, weil sie sehr eifersüchtig ist.
Sie stutzt, als sie Bernd verstört vor dem Bus antrifft. Sie kurbelt das Seitenfenster herunter und fragt:
"Können wir fahren? Warum stehst Du so verdattert herum?"
"Annelieschen, ich muss auf die Polizei warten. Im Bus befindet sich eine Tote, ich kann nicht mit Dir nach Hause fahren. Die Polizei wird viele Fragen stellen und ein Protokoll aufnehmen wollen."
Anneliese ist über die Umstände sehr geschockt und entschließt, nach Hause zu fahren und ihren Mann später abzuholen.
Da hört man schon das Martinshorn und der Streifen-wagen kommt heran gebraust.

Die Beamten steigen sofort aus und eilen in den Bus, um die Tote zu identifizieren. Der Notarztwagen folgt auch gleich und parkt neben dem Streifenwagen.

Mit einem silbernen Koffer eilt der Notarzt in den Bus. Die Beamten wollen die genaue Todesursache wissen und stellen dem Arzt viele Fragen.

Während der Notarzt die Tote untersucht, findet er eine Spritze und riecht daran.

"Merkwürdig, da war kein Serum darinnen."

Nun schaut er nach Einstichen und findet am linken Unterarm einen Einstich.

"Meine Herren, wir haben es entweder mit Mord oder Selbstmord zu tun. Das ist eine neue Mode, die gerne angewandt wird. Man injiziert einfach Luft in die Vene."

"Können Sie uns sagen, wann das geschehen ist?"

"Vermutlich im Bus, anders kann es gar nicht möglich sein. Die Tote kommt in die Gerichtsmedizin, bitte rufen Sie den Leichenwagen."

Der Notarzt packte seinen silbernen Koffer und verlässt den Bus.

Die Beamten folgen ihm und rufen einen Wagen, der die Tote abholt.

"Herr Müller, wir haben noch Fragen an Sie. Kommen Sie bitte mit aufs Revier. Sie können mit uns fahren."

Bernd steigt in den Streifenwagen und bittet den einen Beamten, seinen Chef anzurufen.

Inzwischen ist der Leichenwagen eingetroffen und die Tote wird in einem schwarzen Plastiksack aus dem Bus getragen und in einen Zinksarg gelegt.

Der andere Beamte steigt nun auch ein und übergibt Bernd die Schlüssel des Busses.

Bernd streicht sich laufend mit den Händen Durch sein Haar und Bart vor Nervosität.

Der Beamte auf dem Beifahrersitz fragt: "Wie geht es Ihnen? War wohl ein ganz schöner Schock für Sie."
"Das kann man wohl sagen. Ich habe mich so auf meinen Feierabend gefreut und dann das hier."
"Wir machen es kurz auf dem Revier, aber Sie sind uns ein wichtiger Zeuge."
Der Wagen parkt vor dem Revier und die Beamten steigen aus und Bernd folgt ihnen.
Im Büro angekommen bietet man Kaffee an und bittet Bernd Platz zu nehmen.
Ein Beamter sitzt an der Schreibmaschine und der andere Bernd gegenüber.
Nachdem die Personalien aufgenommen sind, fragen beide Beamten im Wechsel, was Bernd beobachtet hat, doch er kann so gut wie gar nichts sagen, weil der Bus sehr voll war und er auf den Straßenverkehr achten musste.
Trotz alledem befindet sich Bernd schon eine ganze Stunde im Revier.
Nachdem das Protokoll geschrieben war, muss Bernd noch unterschreiben.
Endlich darf er nach Hause und Annelieschen holt ihn ab.

Auf dem Weg nach Hause fragt Annelieschen nach Bernds Ablösung Herbert Maiskorn, der so viele Frauen gleichzeitig hat, obwohl er verheiratet ist.
"Was soll Herbert mit der Toten zu tun haben?"
"Hm, wer weiß?"
Bernd dachte angestrengt nach und sortierte gedanklich alle Damen, mit denen Herbert eine Affäre hat.
Es war ihm ohnehin schleierhaft, was die Frauen an ihm fanden, denn er war Durchschnittlich, nicht besonders groß, aber ein Casanova.
Annelieschen beobachtete ihren Bernd von der Seite und fragt: "Na, ist der Groschen inzwischen gefallen?"

"Stubbeschen, was glaubst Du, was ich die ganze Zeit mache. Da könnte etwas daran sein und wenn, dann gibt es großen Ärger. Ich mag gar nicht daran denken über die Ausmaßen."

"So, da wären wir und jetzt mach ein anderes Gesicht."

"Du hast gut reden, aber ich habe immer noch den Anblick der Toten vor Augen."

"Komm, lass uns einen Slibowitz trinken, der bringt dich auf andere Gedanken."

"Nein Anneliese, ich werde Herbert noch anrufen. Als Kollege bin ich ihm das einfach schuldig."

Bernd greift zum Telefon und wählt die Rufnummer. Während er darauf wartet, dass abgenommen wird, reibt er sich über den Bart und zieht die Nase hoch.

"Maiskorn!" meldet sich Herbert schroff.

"Endlich, ich bin es Bernd. Ich habe keine guten Nachrichten. Eine Deiner Freundinnen saß heute tot im Bus auf der letzten Tour."

"Was, das gibt es doch nicht!"

"Herbert, ich wollte Dich nur vorwarnen, wenn die Kripo vor Deiner Tür steht. Mach es gut bis morgen, tschüss."

*

Am anderen Morgen wird Herbert von der Kripo auf-gesucht. Sie zeigen ihre Marken und fragen, ob sie herein kommen dürfen.

Herbert sieht noch ganz zerknittert aus und muss sich sammeln, aber dann gerät er in Panik.

Er bittet die Beamten Platz zu nehmen und fragt nach dem Grund ihres Kommen.

Der große schlanke Beamte holt ein Foto hervor und hält es Herbert unter die Nase.

"Kennen Sie diese junge Frau?"

Herbert sieht flüchtig hin und schiebt das Foto wieder zurück zu den Beamten.

"Hm, irgendwie kommt sie mir bekannt vor, sicher als Fahrgast."

Scheu schaut Herbert von einem zum anderen und wirkt sehr nervös.

Der ältere Beamte beobachtet Herbert mit stechenden Blick und fragt ihn Direkt: "Hatten Sie zu dieser jungen Dame sexuellen Kontakt?"

Herbert fühlte sich in die Enge getrieben und gab kleinlaut zu, sie näher gekannt zu haben.

"Wir haben ein Tagebuch gefunden, worüber genau Buch geführt worden war, wie intensiv die Beziehung zu Ihnen war und dass Sie die Frau wie ein altes Stück Holz weg geworfen haben.

Jetzt heißt es abzuklären, ob die Frau Selbstmord begangen hat oder umgebracht worden ist."

"Ich war es nicht!", schreit Herbert verzweifelt.

"Herr Maiskorn, bitte halten Sie sich zur Verfügung, bis die Sache geklärt ist und verlassen Sie nicht die Stadt."

Die Beamten erheben sich und lassen einen verzweifelten Herbert zurück.

*

Bernd beginnt seinen Dienst und startet seinen Bus, den er mit einem unbehaglichen Gefühl betreten hat. Sein Blick wandert dort hin, wo die Tote gesessen hatte.

Dann lässt er sich in den Fahrersitz fallen und fährt los. Im Wohngebiet steigt wieder Katrin ein, die es auf Bernd abgesehen hat.

Sie ist eine verheiratete Frau und Mutter von drei Kindern. Mit ihren lüsternen Blick zieht sie ihr Bärchen bald aus und Bernd kann sich ihrer nicht wehren oder will sie nicht vor den Kopf stoßen.

Katrin setzt sich schräg gegenüber, damit sie Bernd besser sehen kann.

"Puh, ist das heute wieder heiß, findest Du nicht auch Bärchen?"

Bernd dreht sich kurz um und sieht die dicken Oberschenkel, die zwei Frauen gehören könnten.

Katrin geizte nicht mit ihren Reizen und erhoffte, Bärchen würde darauf anspringen, aber der ersehnte die Station, wo sie wieder ausstieg.

Irgendwie war er auch froh, dass Annelieschen so gut auf ihn aufpasste.

Er liebte eine andere Frau, der er immer einen Besuch abstattete, wenn es auch nur wenige Minuten waren.

Darauf freute er sich schon, als er wieder kurz vor der Endstation war.

Mit einem Satz sprang er aus seinem Bus und eilte mit seinen kurzen Dackelbeinen in das Geschäft, wo die Schöne arbeitete.

Der Laden war leer und Bernd schnappte sich Nathalie, drückte sie in die Umkleidekabine und vernaschte sie mit einem Blick auf seiner ArmbanDuhr.

Die Kabine vibrierte und wackelte während dem stürmischen Liebesakt, bis zur Erfüllung.

Schnell zog er sich wieder die Hosen hoch, richtete seine Löwenmähne und kam mit leuchtenden Dackelaugen wieder zum Vorschein.

Während sich Nathalie wieder herrichtet, wirft Bernd ihr noch einen Handkuss zu und sagt selig:

"Liebes, bis morgen."

Entrückt besteigt er seinen Bus und geht in die Linie.

Plötzlich steigt ein junges Mädchen ein und fragt mit zitternder Stimme: "Bitte! Können sie diesen Brief Herbert Maiskorn geben?"

Bernd schaut die junge Dame mitleidig an und dachte gleich, noch ein so hübsches Opfer, die auf den Casanova herein gefallen war.

"Junge Dame, ich werde diesen Brief abgeben. Können sie sich nicht denken, dass es keine Zukunft geben kann? Sie sind so jung und schön und da gibt es bestimmt einen Mann, der sie verdient hat."

Verona war von Bernd begeistert und musste ihre Voreingenommenheit revidieren, wo sie ihn als "Schmalztolle" angesehen hatte.

Es war gleich eine Vertrautheit da und Bernd spielte da gerne mit, wenn es um den Bus ging.

Verona blieb die ganze Zeit neben dem Busfahrer stehen und war glücklich einen Kameraden gefunden zu haben.

*

Bernd fährt wie gehabt seine Linie und sieht schon von weitem eine Traube von Nonnen an der Haltestelle.

Als der Bus zum Halten kommt, steigt die Oberin als Erste ein und breitete ihr Taschentuch aus mit dem ganzen Kleingeld.

Bernd bekommt Mitleid und sagt zu der Oberin:

"Kommt, ich nehme Euch so mit und packt euer Geld wieder ein."

"Mein Herr, ihr seid so gütig, möge der Segen auf sie herabfallen."

Mit einem Fingerzeig signalisierte sie der Schwestern-traube, dass sie endlich einsteigen sollen.

Mit ihren schwarzen Trachten flattern sie alle in den Bus und nehmen Platz.

Bernd setzt seine Fahrt fort, während die Nonnen Lobgesänge von sich geben.

Nach acht Stationen steigen sie alle aus und fliegen Bernd zuvor um den Hals vor Dankbarkeit, bevor sie den Bus verlassen.

"Endlich", denkt Bernd genervt und holt sein Pausenbrot aus der Tasche.

Er schüttet sich schwarzen Kaffee in den Becher und beißt in sein Brot mit rohem Schinken.

Als er in den Rückspiegel sieht, stutzt er über merkwürdige Flecken an seinem Hals und schaut nun näher hin mit einem grimmigen Blick.

"Was ist denn das?" Mit den Fingern berührt er die Flecken und zieht die Haut auseinander.

"Die verdammten Pinguine! Will man denen helfen und gut sein, dann verbraten sie einem solche Flecken."

Er nimmt einen hastigen Schluck von dem heißen Kaffee und verschluckt sich. Wie eine Fontäne wird der Schluck Kaffee gegen die Windschutzscheibe geschleudert.

Annelieschen wird aus dem Häuschen sein und ihm niemals glauben, dass Nonnen ihm das beigebracht haben.

Bernd schwitzte schon vor Angst, wenn er nur daran dachte, welcher Streit ihm bevor stand.

Noch vor dem Eintreffen des Busses stand Annelieschen schon mit dem Audi da und wartete.

Da kam der rote Bus um die Ecke und es stiegen noch eine Traube Menschen aus.

Annelieschen winkte Bernd zu und freute sich schon auf den Feierabend mit ihrem Mann.

Bernd lässt sich an diesem Tag besonders Zeit und schlägt den Kragen von seiner Lederjacke hoch, bevor er aus seinem Bus steigt. Mit gesenktem Haupt läuft er zum Auto. Annelieschen schaut skeptisch und fragt: "Schatz, alles in Ordnung? Du bist heute so merkwürdig. Bist Du krank?"

Bernd schüttelt heftig den Kopf und steigt in den Wagen auf dem Beifahrersitz.

"Irgendetwas stimmt doch nicht heute!"

Bernd ist schon genervt und sagt:

"Allerdings ist heute nichts in Ordnung, aber Dir das klar zu machen glaubst Du mir nie."

"Bernd, ich habe für alles Verständnis und nun sag bitte was los ist."

"Na schön, wie Du willst. Aus Mitleid und Menschlichkeit bin ich heute von siebzehn Pinguinen sexuell belästigt worden."

"Was?? Das glaube ich nicht."

"Dann schau Dir an, was sie mir angetan haben."

Bernd legte den Kragen seiner Lederjacke wieder in die normale Position und lüftete sein Geheimnis.

Annelieschen tritt auf die Bremse und war geschockt, als sie die ganzen Flecke am Hals ihres Mannes sieht.

"Schatz, wenn es mir auch schwer fällt die Story zu glauben, aber heut zu tage kann man keinen mehr trauen. Mach Dir keinen Kopf mehr und vergiss die Arbeit, okay?!"

"Ach Stubbeschen, was würde ich nur ohne Dich tun? Du bist einfach klasse."

Annelieschen lächelte mild und versuchte sich gedanklich vorzustellen, wie die ganzen Nonnen ihrem Mann an dem Hals hingen.

Beschwingt steigt Bernd aus und Annelieschen schließt die Tür des Autos ab.

*

Kurz nach Mitternacht schleicht sich eine zierliche Person an den Bus heran und inspiziert alles.

Als ein Streifenwagen gerade seine Runde macht, versteckt sich diese Person und sieht zunächst von ihrem Plan ab.

Herbert Maiskorn hat als Erster die Frühschicht und seine diversen Freundinnen warteten schon auf ihn. Trotzdem schielt er jeden Minirock hinterher und er ist ein Schwerenöter.

Nach Dienstschluss hat er die Order, den Bus bei Bernd vor dem Haus abzustellen, damit der gleich in die Frühschicht gehen kann.

Die unbekannte Person in schwarz hat den Bus verfolgt und liegt nun auf der Lauer, bis die Luft rein ist.

Um zwei Uhr schleicht sie sich zu dem Bus und schiebt ihn 30 Meter weiter, bevor sie den Durchdringenden Motor starten kann.

Mit einem Vierkantschlüssel schließt sie die Eingangstür auf und startet den Bus, legt den Gang ein und gibt Gas. Die Fahrt geht nach Norden, wohin die Tankfüllung gerade reicht.

Jane ist glücklich, dass sie endlich den Bus in ihrer Gewalt hat und verschwinden lassen kann.

Als Bernd seinen Dienst antreten will, glaubt er seinen Augen nicht zu trauen.

"Der Bus ist weg!"

"Wie, der Bus ist weg?"

"Da hat er gestern noch gestanden. Wenn das der Chef erfährt, dann ist was gebacken".

Das Telefon klingelt und Annelieschen nimmt den Hörer ab.

"Hallo?"

"Ja, hier ist Stauberich. Ist Ihr Mann schon weg?"

"Halten Sie sich gut fest, der Bus ist weg und mein Mann sucht schon die ganze Gegend ab."
"Was? Das gibt es doch nicht!"
"Herr Stauberich, regen Sie sich nicht auf, es wird sich alles finden. Die Polizei ist schon informiert und auf dem Weg hierhin.
Am besten kommen Sie gleich her wegen der technischen Daten etc."

Bernd ist schon ganz schön aus der Puste, aber keine Spur vom Bus.
Entmutigt läuft er wieder nach Hause, wo inzwischen die Polizei eingetroffen ist.
Mit einem grimmigen Blick empfängt Stauberich seinen Angestellten.
"Wie konnte das passieren? Wenn ich an den Ausfall denke, bekomme ich die Krise. Ich fass es nicht, da lässt der sich vor der Nase den Bus klauen."
Stauberich hat sich so in Rage geschimpft, dass sein Gesicht hochrot ist.
"Herr Stauberich, bitte kommen Sie wegen der Anzeige."
Wutschnaubend steigt er in den Polizeibus, wo alles aufgenommen wird.
"Bitte fassen Sie sich Herr Stauberich, so kommen wir nicht weiter. Sie müssen genaue Angaben machen, damit wir mit der Suche beginnen können."
"Also Baujahr?"
"April 1970 und seit Mai im Linienverkehr."
"Amtliches Kennzeichen?"
"Hm, SU-CR 520."
"Herr Stauberich, wir werden Ihren Bus schon wieder finden und nun beruhigen Sie sich."
Voller Zorn im Bauch schnappt sich Stauberich Bernd Müller am Kragen.

"Warum hast Du nicht aufgepasst? Immer nur die Weibergeschichten im Kopf und den Bus vergessen abzuschließen."

"Herr Stauberich, bitte lassen Sie meinen Mann sofort los. So geht das nicht. Und verwechseln Sie meinen Mann nicht mit Herbert Maiskorn. Denn der hat einen ganzen Harem um sich geschart, wenn der Dienst hat."

Stauberich lässt von Bernd ab und steigt in seinen Wagen.

"So habe ich den noch nicht erlebt, so aufgebracht", sagt Bernd mit bebender Stimme.

"Du musst ihn verstehen. Ein neuer Bus, kaum gefahren, plötzlich verschwunden und der Verdienstausfall."

*

Jane hat ihr Ziel erreicht und den Bus unterirdisch versteckt. Sie entledigt sich der Kostümierung und ist wieder ganz Frau mit langem schwarzem Haar.

Endlich gehört der Bus ihr, den sie schon immer haben wollte.

Freundschaftlich klopft sie ihrem Bus auf sein Blech und sagt zu ihm:" Also dann bis morgen, mein Guter."

Dann schließt sie das große Garagentor und geht in ihr Haus und schaltet den Alarm ein.

Zufrieden lässt sie sich auf das Sofa fallen und schaltet den Fernsehapparat an, wo gerade die Nachrichten gesendet werden.

Der Sender interviewt Stauberich und Bernd wegen des Verlustes und die Polizei sucht mit Spürhunde das ganze Gebiet ab.

Eine Tauchertruppe Durchsucht Flüsse und Seen aber auch ohne Erfolg.

Jane lachte herzhaft auf, als sie den ganzen Aufwand auf dem Bildschirm sieht.

Stauberich telefoniert mit der Firma Büssing und bestellt einen neuen Bus ab Werk, den man gleich liefern wollte.
"Da haben Sie aber Glück, das wir noch so ein Modell haben. Wenn Sie wollen, dann bringen wir ihnen schon morgen den Bus."
"Prima, dann bringen Sie ihn morgen vorbei, damit der Linienverkehr endlich wieder starten kann."
Kaum den Telefonhörer aufgelegt, wählt Stauberich Bernds Telefonnummer.
"Bernd Müller, das Faulenzen hat ein Ende. Ab morgen ist ein neuer Bus da und wehe dem, wenn das gleiche passiert, dann reiße ich Dir den Kopf ab, verstanden!"
"Ja Boss! Von nun an werde ich besonders aufpassen. Super, das es endlich wieder los geht und sagen Sie das auch Herbert Maiskorn."

Am nächsten Tag trifft der neue Bus gegen Mittag ein und Stauberich stürmt gleich nach draußen.
Er läuft um den Bus herum und nickt zufrieden und unterschreibt die Papiere.
Annelieschen fährt Bernd zum Chef und bleibt bei ihrem Mann, bis alles besprochen ist.
"Hier ist der Schlüssel und die Papiere und morgen gleich in die Linie."
Bernd nimmt alles an sich und geht nach draußen, wo ihm Stauberich folgt.
"Chef, das ist ja wirklich der gleiche Bustyp."
Mit seinen kurzen Dackelbeinen läuft er einmal um den Bus herum und hat schon verbotene Fantasien.
Annelieschen geht zum Audi Coupe und sagt:
"Schatz, ich fahre schon voraus und Du kommst mit dem Bus nach."

Bernd betritt den Bus und atmet den Duft vom Leder und Gummi genüsslich ein, während er sich auf den

Fahrersitz fallen lässt, der mit rotem Samtstoff
bezogen ist und schön federt.
Also dann, sagt er zu sich selbst und startet den Motor.
Er wird plötzlich an ein Mädchen erinnert, die schon öfter
mit gefahren war.
Je mehr er an sie dachte, desto mehr reizte es ihn sie zu
vernaschen.

Wie es der Zufall will, steht Gudrun scheu an der
Bushaltestelle und schaut zu Boden.
Als Bernd sie sieht, kann er sich nicht mehr auf seinen
Dienst konzentrieren.
Er überlegt angestrengt, wie er es anstellt, dass dieses
Mädchen sein wird.
Da kommt ihm ein genialer Gedanke, den er gleich in der
Tat umsetzt.
Wie gewohnt hält er an der Haltestelle und die Leute
stürmen rücksichtslos herein.
Gudrun steigt als letzte ein und legt eine DM auf der
Kasse.
"Einmal bi bi bi bitte na na nach Bi Bi Bi Beuel."
Bernd ist so hin gerissen von dem herzförmigen
Gesichtchen mit den Spitzmausäugelchen und
Herzmund, während Gudrun sich einen zu Recht stottert.
Bernd denkt jetzt oder nie. Er gibt Gas und muss die
Fahrgäste loswerden.
Dann spricht er Durch das Mikrophon:
"Meine Damen und Herren, aus verkehrstechnischen
Gründen müssen Sie alle an der nächsten Station
aussteigen.
Ein anderer Bus ist gleich hinten an, der sie nach Bonn
bringt."
Bernd schaut Durch den Rückspiegel und beobachtet
Gudrun, die ganz verunsichert nervös hin und her guckt.
Als der Bus hält, stürmt die ganze Meute wieder ohne

Rücksicht nach draußen.

Gudrun will nun auch aussteigen und da geht die Bustür plötzlich zu und Bernd gibt Gas.

Ziemlich geschockt fragt sie:

"We we we was ha ha ha hat de de de das zu zu zu bei bei bei deu deu deuten?"

"Mein Täubchen, mach es Dir bequem. Ich werde Dich entführen wie ein Märchenprinz."

Bernd brannte vor Leidenschaft und konnte es kaum abwarten, bis sie an einem Ort waren, wo er über sie herfallen konnte.

Gudrun rannte im Bus hin und her und versuchte die Türen auf zu bekommen.

Plötzlich befinden sie sich im Wald und der Motor wird abgeschaltet.

Bernd öffnet den Verbandskasten über den Fahrersitz und holt eine Flasche Rotwein hervor.

"Wa wa was ha ha haben sie vor??"

Bernd grinste und sagte:

"Mein liebes schüchternes Fräulein, warum diese Angst? Ich mag Dich und ich will Dich jetzt und hier haben. Hier, trink einen Schluck Wein und Du wirst sehen, dass Du gelöst sein wirst."

"Ich mag keinen Alkohol" sagte Gudrun bestimmt.

"Nanu, was höre ich da für einen Unterton?"

Bernd springt auf, schnappt sich Gudrun und flößt ihr mit Gewalt den Rotwein ein, doch sie verschluckt sich und hustet, aber Bernd hält sie fest und reißt ihr die KleiDung herunter.

Er beginnt sie stürmisch zu küssen, aber Gudrun wehrt sich mit aller Kraft. Bernds Arme sind wie ein Schraubstock, als er gerade mit ihr schlafen will, doch Gudrun schlängelt sich wie ein Fisch unter ihm weg und versucht zu fliehen.

Nun wird Bernd richtig sauer und läuft hinter Gudrun her,
bis er sie wieder eingefangen hat.
Mit einem Satz hebt er die kleine Person hoch und setzt
sie auf seinen erregten Schoß, wo er gleich in sie
eindringt.
Gudrun schreit auf und dann findet sie auf einmal Spaß
an dem, was mit ihr geschieht.
Bernd vergisst alles um sich herum und tobt sich an
diesem jungen Mädchen so richtig aus.
Nach über zwei Stunden spüren beide einen großen
Durst und Bernd lässt von ihr ab und holt den Rotwein,
den sie gleich aus der Flasche trinken.

Plötzlich fallen beide in einen Tiefschlaf und liegen kreuz
und quer auf den Bänken.

*

Annelieschen sitzt mit verheulten Augen am Küchentisch
und versteht die Welt nicht mehr. Noch nie zuvor ist ihr
Bärchen über Nacht fern geblieben.
Es ist 3:00 Uhr, aber Annelieschen kann nicht schlafen.
Sie läuft öfter zum Fenster, sobald sie ein Motoren-
geräusch hört, aber dann erweist sich das als
Fehlanzeige.

Gudrun ist erwacht und schaut sich erschrocken um, wo
sie sich befindet.
Am liebsten will sie schreien, aber sie drückt sich die
Hand fest auf den Mund.
Leise sammelt sie ihre KleiDung zusammen und zieht
sich schnell an.
Der Kopf dröhnt vor Schmerz von dem vielen Rotwein.
Plötzlich ist auch Bernd wach und schaut ganz
erschrocken. Mit der Hand fährt er sich Durch sein

dichtes Haar und Bart, der vom Sabbern ganz nass ist.
"Was haben wir getan? Das tut mir alles so leid,
Mädchen. Ich bringe Dich gleich nach Hause."
Bernd steigt in seine KleiDung, steckt sich ein
Pfefferminzbonbon in den Mund und setzt sich auf den
Fahrersitz.
Er startet den Motor und fährt so schnell er kann zu
Gudruns Haus.
Als der Bus zum Stehen kommt, springt Gudrun schnell
heraus und eilt zum Elternhaus. Als sie gerade den
Schlüssel ins Schloss stecken will, wird die Tür von innen
geöffnet und Ottokar Oskar steht leibhaftig vor ihr.
"Wo kommst Du zu dieser Stunde her? Hm?"
Mit einem Karateschlag prügelt er sie ins Haus.
"Du bist eine Schande für die Familie und ich muss mit
Jehova sprechen, was mit Dir geschehen soll. Jetzt geh
mir aus den Augen."

Bernd kommt endlich zu Hause an und Annelieschen
geht schnell ins Bett und tut als ob sie schläft. Mit
schleppenden Schritten kommt Bernd die vielen Treppen
hoch.
Als er ins Schlafzimmer kommt, verbreitet er gleich den
Gestank von Alkohol.
Annelieschen macht die Nachttischlampe an und fragt
ärgerlich: "Wo kommst Du her und wo bist Du gewesen?
Du stinkst ja fürchterlich, igitt."
"Ach Annelieschen, ich habe große Scheiße gebaut, aber
ich konnte einfach nicht anders und es tut mir alles so
leid."
"Wir sprechen später ausführlich und ich will die volle
Wahrheit wissen."
Bernd hat sich in voller Montur hingelegt und schnarcht
laut vor sich hin.

Annelieschen nimmt die Wolldecke und legt sich im Wohnzimmer auf das Sofa bis zum Frühstück.

Bernd schreckt hoch Durch das Klingeln des Weckers. Mit geschlossenen Augen sitzt er auf der Bettkante und streckt sich.
Der frische KaffeeDuft lockt ihn in die Küche, wo er sich gleich an den Tisch setzt .Benommen reibt er sich die Augen und schaut mit treuem Dackelblick sein Annelieschen an, die ihm ganz versteinert gegenüber sitzt.
"Da Du jetzt wach bist, möchte ich von letzter Nacht alle Einzelheiten von Dir hören und lüg mich bitte nicht an!"
Bernd muss sich erst einmal sammeln und da hat er wieder sein Zuckerpüppchen vor seinem geistigen Auge.
"Stubbes, ich habe ein junges Mädchen vernascht. Bitte glaube mir, es war nicht geplant, sondern ist einfach passiert."
"Wie konnte das passieren? Trittst Du jetzt in die Fußstapfen von Herbert? Wer weiß, vielleicht hast Du schon mehrere Mädchen vernascht? Wenn ich mir das vorstelle, dann bekomme ich das kalte Grausen und Ekel vor Dir. Ich muss jetzt zur Arbeit und werde mir überlegen, ob ich die ScheiDung einreichen werde."
"Bitte tue nichts Unüberlegtes, es würde mir sehr wehtun Stubbes."
Die Tür fällt ins Schloss und Bernd sitzt alleine da voller Unbehagen.
Als er seinen Kaffee leer getrunken hat, geht er unter die Dusche und wäscht seine Unzucht vom Körper.
Nach einer guten halben Stunde ist er wieder ganz der Alte, schnappt sich seine Thermosflasche, belegte Brote und verlässt auch das Haus.

Als er seinen Bus bei Tageslicht sieht, wird er ganz blass über die vielen Schrammen und Baustellendreck.

Da kommt Stauberich angefahren und macht eine Vollbremsung.

"Was ist mit dem Bus passiert? Wo bist Du gewesen?"

Bernd schaut beschämt auf den Boden. Stauberich packt ihn an den Schultern und schüttelt Bernd wie eine Medizin.

"Was hast Du mit dem Bus gemacht? So sprich doch endlich."

"Okay Boss, ich war im Wald".

"Was? Wieso im Wald, Du hattest doch Linienfahrt!"

"Da war ein so süßes Püppchen, da habe ich meinen Verstand verloren. Ich musste sie einfach haben und deshalb habe ich die Tour ausfallen lassen."

"Hm, ausfallen lassen, dafür machst Du Doppelschicht heute, damit der Ausfall wieder reinkommt."

Bernd schaut wie ein Auto drein und dann gibt er klein bei.

"Na gut, dann werde ich mich fügen, aber nur dieses eine Mal."

"Vernasch in Zukunft keine kleinen Mädchen im Wald und Du hast normale Schicht."

Stauberich steigt grinsend in sein Auto und fährt Kopf schüttelnd los.

Bernd wischt über die Kratzer am Bus und beginnt seinen Dienst ziemlich schlecht gelaunt.

An der ersten Haltestelle steht eine aufreizende Frau mit einem Superminirock, die endlos lange Beine hat.

Bernd hat dicke Schweißperlen auf der Stirn und seine Hände am Lenkrad zittern.

Die junge Dame stolziert arrogant Durch den Bus, nach dem sie ihr Ticket vorgezeigt hat und ignoriert die lüsternen Blicke von Bernd.

Als der erkennt, dass er keine Chancen hat, denkt er laut:" Doofe Kuh."

Die lange Tour zieht sich wie Kaugummi und die erste Müdigkeit macht sich bemerkbar.
Bernd kann sich noch gut anderthalb Stunden ausruhen, bevor die nächste Schicht beginnt.
Unruhig wälzt er sich hin und her, bis er endlich Schlaf findet.
Als Bernd erwacht, dämmert es draußen schon und er steht abrupt auf.
Er räkelt sich und gähnt herzhaft auf dem Weg zum Fahrersitz, schaut auf die Uhr und startet den Motor.
An den Stationen stehen keine Fahrgäste und Bernd kann getrost Durch fahren.
Plötzlich auf einer Landstrasse muss Bernd eine Vollbremsung machen, weil ein kleiner VW-Bus quer auf der Strasse steht.
"Was soll das denn? Sind die verrückt geworden?", schreit Bernd vor Wut.
Auf einmal ist er umzingelt von lauter Eingeborenen aus Afrika, die in bunter Kriegsbemalung den Bus entern.
Sie stürzen sich auf ihn und Balibumba schüttet Bernd einen Schlaftrunk in den Mund, wobei er von vielen schwarzen Händen fest gehalten wird.

Der Trunk wirkt sofort und Bernd ist außer Gefecht, während die Krieger den Bus bunt anmalen.

*

Als Bernd erwacht, traut er seinen Augen nicht, als er an sich herunter blickt. Er hat nur ein Baströckchen an und ein Ring Durch die Nase und einen komischen Haarschnitt wie die Eingeborenen.

Benommen fragt er:" Wo bin ich?"
Balibumba kommt angelaufen und erklärt im ge-
brochenen Deutsch:
"Du mit uns auf Weg nach Afrika. Wir hier auf große
Dampfer, Dein Bus auch hier."
Bernd schüttelt heftig seinen Kopf und will fliehen, aber
da wird er wieder von vielen schwarzen Händen fixiert.
"Flucht zwecklos, Du mit kommen zu unserem Stamm
und Häuptlingstochter heiraten. Deine Bus gute Mitgift."
Bernd schaut sich um und muss feststellen, dass er sich
auf einem großen Schiff befindet und auf dem offenen
Meer.
Tausend Gedanken schießen ihm Durch den Kopf und
Annelieschen kommt ihm in den Sinn, dass sie sich jetzt
erst recht scheiden lassen wird.

Die Urwaldtrommeln lassen ihn hochfahren, als die
Eingeborenen ihre Tänze machen.
Balibumba zieht Bernd an der Hand hoch und holt ihn in
die Mitte, damit er auch tanzen soll.
Etwas trottelig steht er da und versucht unbeholfen die
Bauchtänze mit zu machen.
Die schwarzen Krieger lachen herzhaft darüber und
sagen im Chor:" Noksokau, noksokau." Bernd fragt, was
das heißt und Balibumba sagt lachend:" Weißer Krieger."
"Wie heißt euer Stamm?"
"Wir sind die Rumbabums und großer Häuptling heißt
Bockurumba. Deine Braut heißt Rumbadinella, ist noch
ganz jung."
Langsam kommt bei Bernd etwas Freude auf, wenn er
sich vorstellt die junge Häuptlingstochter zu vernaschen.
Die Rumbabums tanzen ausgelassen und geben Laute
von sich wie die Indianer auf Kriegspfad.
Bernd bekommt jetzt Feuerwasser eingetrichtert, worauf
er sich richtig gehen lässt.

Am anderen Morgen ist schon Land in Sicht und das Ziel nahe, was bei dem verkaterten Bernd nun doch Unruhe auslöst, was da auf ihn zukommt.

Die Rumbabums machen den bunt bemalten Bus klar und Bernd steht hilflos daneben und kann nichts machen. Jetzt wird ihm erst die Tragweite bewusst, aber ein zurück für ihn ist unmöglich geworden.

Marimba klopft ihm auf die Schulter und fragt:

"Du traurig oder kalte Füße?"

Bernd lächelt gequält und sagt: "Ja, ich bin traurig und ich habe Angst."

*

Annelieschen ist außer sich vor Zorn, als Bernd wieder nicht nach Hause gekommen ist. Da klingelt das Telefon und Stauberich brüllt in den Hörer.

"Wo ist ihr Mann? Wenn der auftaucht, dann reiß ich ihm den Arsch auf, das können Sie ihm bestellen. Schon wieder ist der Bus verschwunden mit ihren angetrauten Gatten."

"Herr Stauberich, jetzt mal ganz langsam zum mitschreiben, was wollen Sie mir damit sagen?"

"Frau Müller, Ihr Mann ist mit dem Bus wie vom Erdboden verschwunden. Die Polizei hat nur einen alten VW-Bus gefunden, der quer auf der Strasse stand, wo Ihr Mann die Tour hatte."

"Was ist, wenn mein Mann entführt worden ist und vielleicht unschuldig ist?"

"Frau Müller, Sie haben Recht, es könnte wirklich ein Verbrechen dahinter stecken.

Warten wir die Untersuchungen der Kripo ab. Wenn sie etwas in Erfahrung bringen, dann rufen sie mich an."

Anneliese spürt, dass ihr Bärchen in großer Bedrängnis ist und sieht zunächst von ihren ScheiDungsabsichten ab.

Herbert Maiskorn kommt gerade angefahren und Anneliese denkt: "Der hat mir gerade noch gefehlt."

Galant wie ein Playboy springt er aus seinem Cabrio und nähert sich der Haustür.

Der Türsummer geht und Herbert betritt das Haus, rennt wie ein junger Hüpfer die Treppen hoch.

Anneliese steht im Türrahmen und fragt: "Was führt Dich denn hier her?"

"Ist denn der Bernd nicht da? Ich sollte die Frühschicht fahren, aber der Alte sagte, der Bus wäre weg und die Tour fällt aus. Wo ist Bernd denn?"

Anneliese bittet Herbert herein und bricht in Tränen aus.

"Was ist denn los? Keiner sagt mir etwas konkretes, sondern nur Mutmaßungen."

Mit einem dicken Kloß im Hals erzählt Anneliese ihm von einer Entführung oder einem Verbrechen."

Herbert steht hilflos da und weiß nicht, wie er sich verhalten soll. Weltmännisch legt er seine Hand auf ihre Schulter und sagt ziemlich überzeugt: "Bernd kommt wieder und es geht ihm gut, das habe ich im Urin."

Das große Schiff nähert sich Afrika und die Besatzung macht alles klar zum Anlegen.

Ein Kran bringt den Bus ans Land und die Rumbabums schieben Bernd vor sich her und lassen ihn nicht aus den Augen, falls er an Flucht denkt.

Als alle an Land sind, schieben sie Bernd in den Bus und Brakakumbi startet den Motor.

Mit mulmigem Gefühl sitzt Bernd in der letzten Reihe und die Hitze macht ihn schwer zu schaffen. Dicke Schweiß-perlen laufen über sein Gesicht.

Die Fahrt dauert ewig und der Weg ist sehr holperig und alle Raubtiere laufen neben her.

Die Paviane springen von den Bäumen auf den Bus und

hüpfen mit ihren Lauten vergnügt auf dem Dach herum. Brakakumbi muss anhalten, weil gerade eine Elefantenherde den Weg kreuzt.

Ein Tiger stellt sich auf die Hinterläufe und guckt Durch die Scheiben des Busses Direkt in Bernd s Dackelaugen. Mit seiner Pranke schlägt er gegen das Blech und faucht. Der letzte Elefant hat den Weg passiert und Brakakumbi gibt wieder Gas.

Die Affen fliegen rechts und links vom Dach und der Tiger lässt auch vom Bus ab und ändert seine Route.

Bernd sieht dem Tiger noch nach und ist sichtlich erleichtert.

Plötzlich wird ein Reservat sichtbar und der Häuptling steht bedrohlich in Kriegsbemalung da.

Die Rumbabums geben Jubellaute von sich, greifen Bernd und führen ihn wie eine Beute vor ihren Häuptling. Häuptling Bockurumba schaut Bernd grimmig an und dann seinen Stamm, als ob er mit der Wahl nicht gerade einverstanden ist.

Im schimpfenden Ton spricht er zu Brakakumbi in seiner Eingeborenensprache, was soviel bedeuten soll, ob sie keinen jüngeren Mann finden konnten.

Bockurumba tritt einen Schritt hervor und mustert Bernd von allen Seiten.

Er berührt seine Bizeps, öffnet seinen Mund um die Zähne zu sehen, dann hebt er sein Baströckchen und lacht laut los.

Bernd versteht nun gar nichts mehr, aber Balibumba flüstert ihm ins Ohr,

"Häuptling sagt zwar, Du alt, aber gute Gebiss und Pillemann."

Bockurumba führt Bernd in seine Holzhütte und lässt nach seiner Tochter schicken. Er bietet ein alkoholisches Getränk an aus Früchten und erklärt die Sitten und Bräuche in diesem Stamm.

Während er sich gut verständlich mit Bernd unterhält, steht plötzlich eine Schönheit am Eingang der Hütte. Sie hat langes schwarzes Haar, einen braunen wohl gebauten Körper und ein schönes Gesicht mit großen Mandelaugen.
Als Bernd sie sieht, hebt sich sofort sein Baströckchen und der Sabber läuft ihm aus den Mund.
Bockurumba befiehlt seiner Tochter näher zu treten und erklärt ihr, dass in zwei Tagen Hochzeit ist und Bernd ihr Mann wird.
Bernd kann seine Augen nicht von ihr lassen, aber das Mädchen ist nicht von ihm begeistert, was dem Häuptling gar nicht gefällt.
Rumbadinella sagt in ihrer Sprache, dass Bernd ihr zu alt ist und nicht ihr Typ sei.
Häuptling Bockurumba steht erbost auf und antwortet ebenfalls in ihrer Stammessprache, das Mädchen zu gehorchen haben und die Hochzeit statt findet, ob es ihr passt oder nicht.
Wütend verläßt Rumbadinella die Hütte und läuft weinend zu Balibumba.

Bernd ist enttäuscht und der Häuptling sieht das, aber da sagt er: "Keine Sorge, Rumbadinella ist in zwei Tagen Deine Frau und sie wird Dir gehorchen und Dich lieben lernen."
Er reicht Bernd eine Pfeife und die Untertanen bringen Speisen und Getränke.

Rumbadinella wird in einer anderen Holzhütte unter-gebracht, damit sie sich sammeln kann für die Hochzeit. Balibumba bleibt solange bei ihr und versucht Bernd schön zu reden, dass er gar nicht so hässlich sei.
"Denk an den Großmut von Deinem Vater, denn Du weißt, dass Du so einer Verstümmelung entgehst, wenn

Du heiratest.
Tust Du das nicht, dann werden sie Dich beschneiden und Du wirst nie in den Genuss der Liebe kommen."
Rubadinella zuckt zusammen und muss an die vielen jungen Mädchen denken, die Durch die stümperhafte BeschneiDung gestorben sind.
"Danke Balibumba, Du hast Recht und ich werde mich fügen und Spaß finden an der Liebe."
"Du Rumbadinella, hast Du eigentlich gewußt, dass ältere Männer besonders zärtlich sind und Dich in das Reich der Liebe eintauchen lassen?"
"Hm nein, das macht mich nun doch neugierig und wenn ich so darüber nachdenke, dann spüre ich etwas in meinem Körper."
"Also halte dieses Gefühl in Ehren und danke Deinem Vater vor der Bewahrung, denn er hat alle Frauen in unserem Stamm vor der Verstümmelung bewahrt.

*

Annelieschen ist am Ende ihrer Weisheit und sucht eine Wahrsagerin auf, die sie Durch eine Annonce in der Zeitung entdeckt hat.
Nachdem die Suche Durch die Polizei erfolglos war, will Anneliese sich bei Madame Jacqueline Rat und Gewissheit holen.
Sie fährt los und ist ganz aufgeregt, was sie in Erfahrung bringen wird.

Madame wohnt auf einer Anhöhe in einem luxuriösen Bungalow mit großem Anwesen.
Anneliese parkt vor dem Haus und steigt mit weichen Knien aus.
Madame Jacqueline öffnet die Tür und lächelt Anneliese zu, doch Anneliese schreckt etwas vor ihrer Erscheinung

zurück.

"Frau Müller, bitte treten sie doch näher."

Annliese wird in einem abgeDunkelten Raum geführt, wo ein intensiver Geruch von Räucherkerzen den ganzen Raum Durchdringt.

Auf dem Tisch befindet sich eine Kristallkugel und ein Deck Tarotkarten.

"Bitte nehmen Sie doch Platz", fordert Madame sie auf.

Annelieschen setzt sich hin und beobachtet Madame genau, wie sie sich auf der anderen Seite vom Tisch auf ihren Stuhl setzt. In dem schwachen Lichtschein sieht Madame unheimlich aus.

"Was kann ich für Sie tun? Lassen Sie mich etwas sagen, Sie suchen einen geliebten Menschen."

"Ja, ich suche meinen Mann, können Sie mir sagen, wo er ist?"

"Lassen Sie mich in die Glaskugel sehen."

Madame macht mit ihren Händen kreisende Bewegungen und reißt ihre schwarzen Augen weit auf. Ihr Blick ist zum Fürchten, aber dann erhellt sich ihr Gesichtsausdruck.

"Ich habe Ihren Mann gesehen. Weit weg im Dschungel, umgeben von vielen Eingeborenen. Man plant ein Fest, eine Hochzeit mit Ihrem Mann."

"Moment! Wie soll mein Mann in den Dschungel kommen?"

"Ihr Mann ist entführt worden mit einem Bus. Er ist nicht freiwillig mitgegangen. Er kommt aber wieder zu Ihnen zurück, aber das dauert von jetzt an gerechnet zwölf Monate. Sie werden ihn nicht gleich wieder erkennen, weil man sein Äußeres verändert hat."

"Wenn das wirklich so eintrifft, dann bin ich fürs Erste beruhigt."

"Wollen Sie noch etwas wissen?"

"Nein danke, was schulde ich Ihnen?"

"Ich bekomme 100 DM. Wenn Sie möchten, gebe ich

Ihnen einen Glücksbringer mit auf dem Weg."
"Nein nicht notwendig. Auf Wiedersehen Madame Jacqueline."
Annelieschen verlässt das Haus, als sei der Teufel hinter ihr her.
Sie steigt in ihren Wagen und fährt los. Unterwegs hört sie das Gesagte vor ihrem geistigen Ohr und kann sich alles sehr schwerlich vorstellen.
Wichtig ist nur für, dass ihr Bärchen wieder zu ihr zurückkehrt.

*

Bei den Rumbabums laufen die Vorbereitungen auf Hochtouren für die Hochzeit.
Rumbadinella wird als Braut zu Recht gemacht und geschmückt, wo viele schwarze Hände an ihr arbeiten, während sie auf einem Podest steht.
Bernd bekommt von Bockurumba eine Kopfbedeckung aus Federn und muss sich einer weiteren Kriegs-bemalung unterziehen.
Die Buschtrommeln beginnen zu schlagen und komische Musik ertönt aus merkwürdigen Instrumenten.
Bernd befindet sich in der Mitte und zu seiner Rechten steht Bockurumba und zur Linken Brakakumbi.
Das Getrommel wir immer lauter und die weiblichen Rumbabums tanzen.
Plötzlich ist Rumbadinella zu sehen und Bernds Augen fallen ihm bald aus den Augenhöhlen.
Die Braut wird vor dem Häuptling gebracht und dieser überreicht seine Tochter dem Bräutigam.
Nun erscheint der Medizinmann Kilimumbatschi in Kriegsbemalung und vollzieht die Trauung sehr ausgiebig.
Nachdem sie vor dem Gesetz der Rumbabums Mann und

Frau sind, werden die Vorbereitungen getroffen, wo
Bernd seine Rumbadinella zur Frau machen soll, sobald
die Sonne untergegangen ist.
Bis dahin wird getanzt, gesungen und getrommelt.
Bockurumba gibt Bernd Feuerwasser zu trinken, worin
sich Zaubertropfen befinden, damit er nicht versagt.
Rumbadinella tanzt vor Bernd ihre Bauchtänze und heizt
ihn so richtig an, dass er diese Dauererektion kaum noch
ertragen kann.
Am liebsten würde er sofort über sie herfallen, aber
Bockurumba kann Bernds Gedanken lesen und hält ihn
fest.
Rumbadinella bekommt auch von den Zaubertropfen,
damit sie willig ist.
Der Stamm bildet einen Kreis und richtet in der Mitte die
Stätte her, wo Rumbadinella ihre Jungfräulichkeit
genommen wird.
Bernd schaut ganz verwirrt auf das Treiben und fragt:
"Was machen die da?"
"Da wird alles vorbereitet für Eure Hochzeitsnacht. Der
ganze Stamm wird dabei sein, wenn Du Rumbadinella
zur Frau machst."
"Was? Wenn alle zugucken, dann kann ich nicht."
"Keine Sorge, Du kannst, das wirst Du erleben."
"Aber vor so vielen Zuschauern, das ist ja schrecklich."
"Bei unserem Stamm ist das so bei jeder Hochzeit, aber
später seid ihr alleine."
"Na schön, ein kleiner Trost."

Inzwischen dämmert es schon gewaltig und die
gesamten Rumbabums setzen sich im Kreis.
Die Trommeln beginnen erneut zu schlagen und
Bockurumba erwartet vor dem Brautlager das vermählte
Paar.
Bernd nimmt Rumbadinella an die Hand und sie bleiben

vor dem Häuptling stehen.

"Nun ist der Augenblick gekommen, wo Ihr euch ganz haben dürft."

Bockurumba tritt zurück und setzt sich in den Kreis zu den Anderen.

Rumbadinella legt sich verführerisch auf das Liebeslager und signalisiert ihr heißes Verlangen. Bernd fällt auf die Knie und streichelt den schönen jungen Körper voller Verlangen und küsst jede Stelle von Kopf bis Fuß.

Die Trommeln werden immer lauter und der Stamm wartet voller UngeDuld auf die Entjungferung, aber Bernd genießt diesen Akt der Leidenschaft.

Dann ist der Augenblick gekommen, wo es beide nicht mehr aushalten und Bernd dringt in den unschuldigen Schoß ein und Rumbadinella schreit voller Lust, ihr Körper wiegt sich heftig voller Rhythmik.

Jetzt steht der Stamm und Häuptling Bockurumba klatscht in den Händen, wobei sich der Stamm anschließt.

Bernd stößt einen lauten Schrei aus, als er zum Höhepunkt kommt.

Völlig geschafft legt er sich auf die Seite und schwebt im siebten Himmel.

Jetzt befiehlt Bockurumba, das Bernd und Rumbadinella aufstehen sollen.

"Ihr habt getan, was ich verlangt habe und nun könnt ihr Euch endlich alleine lieben. Geht in Eure Hütte und seid fruchtbar."

Bernd nimmt Rumbadinella bei der Hand und zieht sie von dem Lager weg.

Bockurumba sieht sich das Liebeslager genau an und findet, wonach er sucht, die Blutpunkte vom Jung-fernhäutchen. Er ist sehr zufrieden und zieht sich zurück.

Der ganze Stamm hat sich aufgelöst und man hört nur

noch die Affen auf den Bäumen.

Bernd fällt erneut über Rumbadinella her und bringt sie erneut auf Hochtouren mit seinen Liebkosungen, bis er die Stelle erreicht hat, wo sie vor Lust stöhnt, als er mit seiner Zunge ihre Vagina streichelt.

Die ganze Nacht dauert das Liebesspiel, bis beide erschöpft einschlafen.

Am anderen Morgen muss er mit Brakakumbi auf die Jagd gehen und für seine Frau sorgen.

Er muss Tiere erlegen und lernen, mit Pfeil und Bogen um zu gehen.

Als sie sich in der Nähe vom Sumpfgebiet befinden, spürt Bernd einen Stich in sein bestes Stück und sieht den Übeltäter, eine Kobra.

Brakakumbi alarmiert sofort Durch schrille Töne Kilimumbatschi, der sofort wie Tarzan über die Lianen angeflogen kommt. Er hat gleich das richtige Gegengift parat und gibt Bernd eine Substanz, die sehr bitter schmeckt.

Zu zweit tragen sie Bernd wieder zurück in seine Hütte und legen ihn auf sein Lager. Er bekommt Schüttelfrost und zittert am ganzen Körper. Dicke Schweißperlen laufen ihm über das Gesicht.

Rumbadinella hat Angst um ihren Mann und wacht an seinem Lager.

Sein bestes Stück ist doppelt und dreifach angeschwollen und lila/schwarz verfärbt.

Am nächsten Morgen ist das Fieber gesunken, aber die Schwellung ist noch da. Kilimumbatschi kommt erneut mit diesem bitteren Gebräu und schüttet es Bernd in den Mund, wobei er seine Nase zuhält.

Bockurumba baut einen Altar auf, um Voodoo zu zelebrieren.

Bernd spricht wirres Zeug im Fieber und wälzt sich unruhig hin und her.
Rumbadinella wischt ihm die Stirn ab mit einem feuchten Tuch und kniet vor dem Bett.
Balibumba kommt hinzu und tröstet sie, dass Bernd ganz bestimmt wieder gesund wird.

Annelieschen ist der Auffassung, viel zu jung zu sein, um alleine Trübsal zu blasen.
Auf ihrem Arbeitsplatz hat sie einen jungen Mann zum Kauf einer Aktentasche beraten, der sie ganz schön verwirrt hat.
"Ach käme er doch wieder ins Geschäft", seufzt sie voller Verzehrung.
Vielleicht dachte er ebenso, versucht sich Anneliese ein zu reden.
Von jetzt an will sie sich besonders chic machen für die Arbeit im Kaufhaus, wo sie immer elegant präsent sein muss.
Mit ihren 38 Jahren hat sie noch immer eine erstklassige Figur und ein hübsches Gesicht.
Ganz spontan sucht sie einen Stylisten auf und lässt sich beraten, was gut zu ihr passt.
Da kommt auch schon eine junge Dame gleichen Alters und fragt freundlich:" Was kann ich für Sie tun?"
Anneliese nimmt Platz und schaut Durch den Spiegel zur Stilistin und sagt:
"Machen Sie aus mir einen neuen Typ, dass ich mich selbst nicht mehr wieder erkenne."
Friseurin Marianne kämmt mit einem großen Kamm Durch ihr Haar und lächelt sie Durch den Spiegel freundlich an und sagt:
"Da habe ich schon etwas für Sie."
Marianne zeigt Anneliese einen Katalog mit Frisuren und

Haarschnitten, wo Anneliese sich für einen raffinierten Haarschnitt und eine andere Farbe entscheidet.

Marianne geht gleich ans Werk und legt Anneliese einen Kabinettumhang um.

Mit einem schwarzen Farbbecher kommt sie zurück und rührt mit dem Farbpinsel noch darin herum.

"So, dann wollen wir beginnen und Sie ganz chic machen für Ihren Mann."

Anneliese zuckt unter diesen Worten zusammen, was die Friseurin gleich merkt.

"Habe ich etwas Falsches gesagt? Das würde mir sehr leid tun."

"Nein nicht so wichtig, aber als Sie meinen Mann angesprochen haben, muss ich daran denken, dass er schon seit Wochen verschwunden ist."

"Das tut mir aber Leid, aber ich kann Sie jetzt besser verstehen. Deshalb ein neuer Look."

*

Seit drei Monaten befindet sich Bernd bei dem Stamm der Rumbabums und seine angetraute Frau Rumbadinella ist in guter Hoffnung.

Die Attacke von der Kobra hat er gut überstanden, aber seine Frau lässt ihn nicht mehr an sich heran.

Brakakumbi holt ihn jeden Tag zur Jagd und somit ist er von seinen leidenschaftlichen Gefühlen abgelenkt.

Heute soll er mit dem Speer einen Panther erlegen.

Bernd klettert auf den Bananenbaum und hält Ausschau.

Brakakumbi gibt Laute von sich wie ein Affe und das ist das Zeichen, wo Bernd den Panther erlegen soll.

Bernd konzentriert sich und holt zum Wurf aus.

Der Speer trifft den Panther genau in den Hinterlauf, aber er rennt davon, was Brakakumbi`s Zorn erweckt.

"Weißes Mann Dummes Mann, Du nur machen bum

bum mit Frau, aber sonst nix gebrauchen.
Häuptling Bockurumba wird sehr enttäuscht sein."

Bernd will diesen Makel nicht auf sich sitzen lassen und
will zumindest einen kleinen Tiger erlegen. Er legt sich
auf die Lauer, als ein fauchender Tiger sich nähert.
Noch einmal holt er aus und zielt auf die Augen des
Tigers. Der Speer fliegt im hohen Bogen und landet
genau zwischen den Augen des Tigers, der wild Durch
den Dschungel tobt und zum guten Schluss leblos
liegen bleibt.
Bernd schmeißt sich voller Stolz in die Brust und grinst,
als Brakakumbi angerannt kommt.
"Du hast Tiger erlegt? Du doch gutes Mann, der Häuptling
wird zufrieden sein. Jetzt hol die Beute und bring sie dem
Stamm."
Bernd packt den Tiger an den Hinterläufen und geht fast
in die Knie, weil der Tiger so schwer ist.
Er bindet die Lianen um seine Pranken und schleift ihn
Durch den Dschungel.
Als der Stamm von weitem den Fang sieht, trommeln sie
den Erfolg.

Jetzt muss Bernd den Tiger schlachten und am Spieß
zubereiten, so wie man es ihm schon in den letzten
Monaten immer gezeigt hat.
Bernd macht sich ans Werk und zerlegt den Tiger und
bereitet ihn zu, während er vom Häuptling kritisch dabei
beobachtet wird, aber er ist fürs erste zufrieden.

Rumbadinella hat in kurzer Zeit soviel an Bauchumfang
zugenommen, dass es schon abnorm ist bei einer
normalen Schwangerschaft in den Anfängen.
Sie klagt vor Schmerzen und Übelkeit, dass Bockurumba
sich große Sorgen macht und nach Kilimumbatschi

36

schicken lässt.

Der Stamm trommelt den Medizinmann herbei, der mit der Liane herbei geflogen kommt.

Als er in die Hütte kommt, liegt Rumbadinella auf dem Bett und stöhnt.
Besorgt schaut er auf die Häuptlingstochter und tastet den dicken Bauch ab.
Mit einem selbstgeschnitzten Stethoskop legt er sein Ohr daran, um zu hören, ob es Mehrlingsgeburten werden.
Er lauscht und lauscht und seine Augen reißt er weit auf, als er sieben Herzschläge heraus hört.
Bockurumba kommt auch hinzu und sieht Kilimumbatschis Gesichtsausdruck.
"Was ist mit meiner Tochter?"
"Du wirst Opa von sieben Bambinos".
"Was?"
"Du hast richtig gehört, sieben Bambinos. Es gibt aber Probleme."
Bockurumba sagt wie selbstverständlich:
"Wozu ist der Ehemann da? Er muss helfen und alles für seine Frau tun."
Kilimumbatschi weiß, dass Rumbadinella das nicht überleben kann und denkt jetzt schon mit großer Besorgnis an das Ausmaß, was das nach sich zieht.
Bernd kann da nicht helfen und wenn die Katastrophe da ist, dann muss er den Stamm verlassen.

Bernd kommt in die Hütte und schaut in ernste, finstere Gesichter.
Balibumba ruft zum Haare schneiden und kommt mit Messer und Topf herbei.
Bernd muss sich auf einen abgesägten Baumstumpf setzen und Balibumba setzt ihm einen Topf auf den Kopf.
Mit dem Messer rasiert sie alles weg, was unterhalb vom

Topf an Haaren zum Vorschein kommt.
Plötzlich kommt ein Schmerzensschrei aus der Hütte und
Rumbadinella liegt in einer Blutlache.
Balibumba eilt sofort in die Hütte und ruft Bernd.
"Du schnell kommen! Sie verliert die Babys, schnell hol
den Medizinmann. Nun mach, beeil Dich, sonst stirbt
Deine Frau."
Bernd holt die Trommel und ruft damit Kilimumbatschi.
Bockurumba ist sehr wütend und zeigt keinerlei
Verständnis, dass Bernd nicht helfen kann. Bedrohlich
steht er vor der Hütte und spricht harte Worte.
Da kommt der Medizinmann und eilt in die Hütte. Er
schlägt die Hände über dem Kopf zusammen und ruft alle
Frauen aus dem Stamm zusammen.
Rumbadinella hat das Bewußtsein verloren, während die
Babys alle tot auf die Welt kommen. Es waren drei
Knaben und vier Mädchen.
Bockurumba bricht in Tränen aus und in seinem Schmerz
verflucht er Bernd, er soll auf der Stelle seinen Stamm
verlassen.
"Verschwinde aus meinem Stamm, sonst lasse ich Dich
foltern."
Bernd glaubt im falschen Film zu sein, aber er begreift,
dass er fliehen muss.

*

Eine neue Anneliese verlässt zufrieden den Salon und
geht noch shoppen.
Nachdem sie ausreichend eingekauft hat, geht sie noch
einen Capuccino trinken.
Sie studiert die Speisekarte und wird plötzlich von einer
sympathischen Männerstimme angesprochen.
"Ist dieser Platz noch frei?"
Anneliese schaut auf und sieht ihren Kunden vom

Kaufhaus. Sie errötet vor Verlegenheit und bittet den jungen Mann Platz zu nehmen.

"Vielen Dank."

Der junge Mann setzt sich und studiert ebenfalls die Speisekarte.

"Hm, was können Sie empfehlen?"

"Oh, mich dürfen Sie nicht fragen, ich bin Durch Zufall hier, um mich vom Einkauf zu erholen."

"Das macht nichts, dann nehme ich auch einen Cappuccino."

Als die Kellnerin kommt, bestellt der Herr sich seinen Cappuccino und schaut Anneliese charmant an und fragt:

"Irgendwie kommen Sie mir bekannt vor, aber ich habe noch nicht heraus gefunden woher."

"Vielleicht kann ich Ihnen einen Tipp geben, Stichwort Kaufhof."

"Hm, gleich weiß ich es." Der junge Mann überlegt angestrengt und dann lächelt er viel sagend:

"Jetzt weiß ich es, Sie sind die Frau meiner schlaflosen Nächte von der Lederwarenabteilung. Sie haben sich irgendwie verändert. Sie sehen jetzt noch aufregender aus. Darf ich Sie zum Essen einladen?"

Anneliese zögert ein wenig und sagt dann:

"Ja sehr gerne. Jetzt haben wir uns schon soviel unter-halten und ich kenne nicht einmal Ihren Namen."

"Pardon, mein Name ist Hansi Baumann, ich bin 28 Jahre und vom Sternzeichen Skorpion."

"So habe ich Sie eingeschätzt und jetzt wollen sie das gleiche von mir erfahren, nicht wahr? Okay, ich bin Anneliese, 37 Jahre und ein Steinbock."

"Danke für die Selbstauskunft, jetzt können wir Essen gehen. Wo darf ich Sie abholen?"

"Sagen wir hier, wo wir gerade sind."

"Sehr originell, aber gut."

Annliese ist ganz aus dem Häuschen, von einem jungen

Mann so begehrt zu werden. Sie packt ihre ganzen Einkaufstüten und verabschiedet sich mit den Worten:
"Dann bis später."
Hansi schaut sie schelmenhaft von der Seite an und antwortet:
"Ich freue mich schon, also bis später."
Annelieschen fühlt sich wie ein Teenager und kann es kaum erwarten, den jungen Mann wieder zu sehen.
Zuhause breitet sie alles aus, was sie eingekauft hat und überlegt, was sie anziehen soll. Dann entscheidet sie sich für den engen schwarzen Rock mit der zartrosa Rüschenbluse.
Sie lässt Badewasser ein und entspannt sich im parfümierten Schaum, der ihren Körper umhüllt.
Sie träumt vor sich hin und ist kurz vor dem Einschlafen, als das abgekühlte Wasser langsam ungemütlich wird.
Anneliese steigt aus die Wanne und zieht sich an und legt Make up auf, was ihre smaragdgrünen Augen betont.
Sie findet sich selbst unwiderstehlich und hofft, dass Hansi das auch so sieht.
Sie legt noch ein betörendes Parfüm auf und steigt in die Pumps mit den Pfennigabsätzen.
Draußen dämmert es schon und der Abend ist immer noch sehr warm. Annelieschen steigt in ihr Audi-Coupe und fährt zur VerabreDung.
Während sie ihren Wagen parkt, schaut sie in die Fußgängerzone, wo Hansi auf sie wartet.
Ganz langsam geht sie zu dem Tisch, wo Hansi sie mit leuchtenden Augen in sich aufsaugt.
"Können wir?"
Hansi springt auf und antwortet: "Oh ja, gehen wir."
Er bietet seinen Arm, während sie zu seinem Auto gehen.
Anneliese hängt sich bei ihm ein und Durch die Körpernähe umhüllt ihn der betörende Duft, der ihm fast den Verstand raubt.

"So, da wären wir."

"Wo sind wir?"

Hansi zeigt auf seinen Porsche und öffnet die Beifahrertür. "

Darf ich bitten?"

Anneliese steigt ein und rückt ihren engen Rock zurecht. Galant steigt Hansi auf den Fahrersitz und sagt dann:

"Auf geht's."

"Wo fahren wir eigentlich hin?"

"Ich kenne ein ganz vornehmes Restaurant und habe dort einen Tisch für heute Abend bestellt."

Anneliese schaut heimlich Hansi von der Seite an und ist auf dem besten Wege, sich in ihn zu verlieben.

Sie genießt die leichte Brise, die ihr der Sommerabend um die Nase weht.

Plötzlich biegt Hansi in einen Seitenweg und kommt vor einem Schwarzwaldhaus zu stehen. Er schaut Anneliese mit einem verschmitzten Lächeln an und sagt:

"Da sind wir, meine Gnädigste, darf ich bitten?"

Hansi läuft um sein Auto herum und öffnet die Beifahrertür, wo Anneliese galant eine Drehung macht, um mit dem engen Rock besser aussteigen zu können. Hansi reicht ihr seine Hand und seinen Arm, als sie das Restaurant betreten.

Hansi geht voran und öffnet die Tür und bittet Anneliese mit einem schelmischen Lächeln hinein.

Anneliese tritt ein und erlebt eine Überraschung, als Hansi gleich beichtet, dass das ältere Ehepaar von diesem rustikalen Restaurant seine Eltern sind.

"Darf ich vorstellen, das sind meine Mama und mein Daddy. Wir kommen aus dem Badischen und meine Eltern haben diese Tradition hier weiter fortgeführt und die Gäste kommen gerne hierher."

"Ich bin beeindruckt!", sagt Anneliese überwältigt und da kommt auch Mama Bärbel und nimmt Annelieschen in

den Arm.
"Seien Sie uns willkommen und jetzt nehmt Platz am
gedeckten Tisch."

Hansi`s Eltern tischen reichlich und üppig auf und die
Atmosphäre ist so gemütlich.

*

Bernd hat sich hinter einen dichten Busch versteckt und
hört plötzlich ein Fauchen und Knurren in der Nähe.
"Hilfe, der schwarze Panther von neulich."
Es ist der Panther, den Bernd nur angeschossen hatte
und nun will dieser sich rächen.
Brakakumbi zielt auf den Panther mit Pfeil und Bogen.
"Hab ich dich endlich!"
Plötzlich springt Bernd aus dem Busch herauf auf den
Bananenbaum, klammert sich ganz oben an der
Baumspitze fest.
Brakakumbi lacht laut los:
"Ha ha ha, da ist ja unser geächteter Feigling. Jetzt ich
weiß, warum der Panther jetzt jagt unseren Feigling."
"Könnt ihr mich nicht in Ruhe lassen, ihr verdammten
Rumbabums. Reicht euch die Verbannung nicht?"
"Du Recht, weißes Mann, ich Dich nicht gesehen."
Erneut zielt Brakakumbi nach dem Panther und erlegt ihn.
Der Panther fällt zur Seite und bleibt bewegungslos
liegen.
"Du gesehen, so man macht das."

Bernd klettert wieder vom Baum, als er die Luft für rein an
sieht und ist weiterhin auf der Suche nach einer Bleibe.
Plötzlich wird er von einem Pavian verfolgt, der ihn mit
seinen scharfen Zähnen attackiert.
Er versucht, den Pavian fern zu halten und holt mit der

Rechten aus.

Der Pavian fliegt im hohen Bogen zu den Löwen, was diese aus dem Mittagsschlaf reißt und sie sehr ungehalten reagieren.

Während der Pavian wieder zu seinem Rudel zurückkehrt, kommen die Löwen knurrend und fauchend angerannt.

Bernd sieht die Gefahr auf sich zukommen und kann sich im letzten Augenblick in ein rundes großes Metallgefäß in Sicherheit bringen.

Die Löwen stoßen mit ihren hungrigen Mäulern gegen den Eisenbehälter, können aber Bernd nicht erhaschen.

Nach einer Weile lassen sie ab und kehren wieder zurück zu ihrem Rudel.

Bernd ist so erschöpft, dass er eingeschlafen ist und nicht bemerkt, was sich inzwischen ereignet hat.

Er träumt von seiner Heimat und seinem Annelieschen, die so weit von ihm entfernt ist.

Plötzlich wird er wach und ist eingebettet in Gemüse aller Art.

Der Hunger meldet sich bei ihm und er greift zu und beißt herzhaft in die Karotten.

Viele schwarze Hände gießen eimerweise Wasser über Bernd aus.

"Nanu? Was ist denn jetzt los?"

Bernd begreift so langsam, was mit ihm geschehen soll.

Von unten her wird es warm und Bernd versucht aus dem Kessel zu kommen, fällt aber immer wieder in die Suppe zurück.

Um den Topf herum haben sich inzwischen ganz viele Kannibalen versammelt und schauen sabbernd in den Topf.

"Lecker, weißes Mann, gutes Fleisch."

Mit einem großen Stock rühren sie in dem Topf herum und werfen noch mehr exotische Früchte mit in den Topf.

"Schluss jetzt, lasst mich sofort hier raus!"
Noch einmal nimmt Bernd alle Kraft zusammen und
schafft es aus dem heiß siedenden Topf zu fliehen, was
den Kannibalen gar nicht gefällt.
Sie versuchen Bernd fest zu halten, aber er ist zu
glitschig, dass er ihnen entwischen kann.
Er läuft um sein Leben und erwischt eine Liane, mit der er
sich sehr weit fort schwingen kann.
In der Nähe vom Meer kommt er an und macht eine
Verschnaufpause.
Plötzlich bemerkt er einen Duft, vielmehr Geruch, der ihm
sehr vertraut ist und er steht auf und schnüffelt die ganze
Gegend ab, bis er auf etwas Hartes mit seinem Fuß stößt.
"Au, verdammt! Was ist das denn?"
Durch das Gestrüpp leuchtet etwas Rotbuntes und Bernd
macht einen Luftsprung vor Freude.
"Mein Bus! Ich fasse es nicht, mein lieber schöner roter
Büssing."
Bernd bahnt sich den Weg zu seinem Bus mit einer
Machete frei.
Diese Aktion nimmt einen ganzen Tag in Anspruch, aber
zur Abenddämmerung ist er endlich vorgedrungen und
kann sich in seinem Bus in Sicherheit bringen.
Er schaut gleich in die Fächer, wo er seine Papiere immer
aufbewahrt und findet alles unversehrt vor.
"Wie komme ich hier mit dem Bus weg?", denkt Bernd
laut vor sich hin.
Dann schaut er Durch die bemalten bunten Fenster nach
draußen, ob er Bäume findet, woraus er ein Floß bauen
kann.
Endlich der ersehnte Lichtblick nach so langer Zeit und
nun wollte Bernd keine Zeit mehr verlieren.

*

Anneliese hat bei den Eltern von Hansi einen traumhaft schönen Abend erlebt und nun war es an der Zeit, wieder nach Hause zu fahren.
Hansi holt seine Jacke und umarmt seine Mutter zum Abschied, bevor er Anneliese in ihre Jacke verhilft.
Mutter Bärbel kommt herbei und sagt im herzlichen Tonfall:
"Junge Frau, der Hansi muss Sie bald wieder mitbringen. Sie gefallen uns, wären die richtige Partie für unseren Jungen."
"Ich komme gerne wieder, das verspreche ich."
"Mama, ich weiß eure Sympathie für Anneliese zu schätzen, aber bitte seid nicht zu vorschnell.
Wir haben uns erst kennen gelernt und müssen uns noch richtig kennen lernen."
"Hast Recht, mein Bub. Lasst Euch Zeit und habt Euch lieb, gell!"

Hansi führt Anneliese zum Auto, öffnet die Beifahrertür und sieht sie mit leuchteten Augen an, während sie majestätisch einsteigt.
Sie muss an die Worte seiner Mutter denken und ist der gleichen Auffassung. Hansi hat etwas wie ein großer Bub.
Nun geht es wieder in die leere Wohnung zurück und etwas Traurigkeit kommt bei Anneliese auf.

Hansi fährt schneller als bei der Hinfahrt und ist ziemlich schweigsam während der Fahrt.
Schon zeigen sich die vertrauten Strassen, wo auch Annelieses Auto geparkt steht.
"Schade, das der schöne Abend schon vorbei ist," seufzt Anneliese.
Hansi hält an, steigt aus und öffnet die Beifahrertür.
"Bitte sehr."

Anneliese steigt aus und holt schon einmal den Auto-
schlüssel aus ihrer Handtasche, da fühlt sie, wie zwei
Hände sie zärtlich an den Schultern fassen.
Hansi zieht Anneliese ganz nah zu sich heran und küsst
sie auf beide Wangen.
"Danke für den schönen Abend, wenn Sie möchten,
treffen wir uns am Wochenende wieder. Ich komme am
Freitag ins Kaufhaus und dann können wir alles Weitere
besprechen. Für mich wird es auch Zeit, ich muss zu
einer Messeausstellung wegen dem nicht aufzuhaltenden
Fortschritt. Gute Nacht, schlafen Sie wohl, bis Freitag."
Anneliese steigt glücklich in ihren Wagen und winkt Hansi
noch einmal zu, bevor sich die Autos in entgegengesetzte
Richtungen in Bewegung setzen.

Beide zehren von dem Abend und sind über die
Entwicklung zufrieden.

*

Seit Tagen arbeitet Bernd im Schweiße seines Ange-
sichtes an dem Floß, das ihn mit dem Bus wieder in die
Heimat bringen soll.
Etliche Lianen hat er mit seiner Machete abgeschlagen,
damit er die Holzstämme mit einander verbinden kann.
Abends fällt er immer müde auf die Sitze im Bus und in
der Früh macht er seine Morgentoilette im Gewässer. An
diesem Morgen wird er dabei von einem jungen Mädchen
beobachtet, die einem anderen Stamm angehört.
Sie ist Mandilli Kratznasnas und hat noch keinen Mann
gefunden.
Von ihrem Vater wird sie als minderwertig angesehen und
zählt in diesem Stamm nichts mehr.
Bernd erschrickt zusammen, als er das Knacken im
Gebüsch hört.

Sofort kommt er aus dem Wasser und zieht schnell sein Baströckchen an.

"Wer ist da? Komm sofort da raus!"

Mandilli kommt aus ihrem Versteck und hat auch nur ein Baströckchen an.

"Was suchst Du hier?"

"Ich Durch Zufall hier, mein Name Mandilli. Mein Stamm Kratznasnas ist drei Lianensprünge von den Rumbabums entfernt."

Bernd reibt sich wieder über seinen Bart und seine Dackelaugen funkeln, als er die prallen Brüste dieser unbekannten Schönen sieht.

"Du schöner weißer Mann, Dich im Wasser gesehen. Was Du machen mit dem vielen Holz und Lianen?"

"Ich baue ein Floß oder so eine Art Holzschiff und dann gehe ich auf Reise."

Mandilli sagt: "Bitte nimm mich mit und ich helfe Dir beim Bau Deines Schiffes."

Bernd überlegt kurz und kommt zu der Erkenntnis, dass Mandilli ihm wirklich hilfreich sein könnte. Um sie bei Laune zu halten, keimen wieder sehr lustvolle Gefühle auf.

Er lädt sie in seinen Bus ein, wo Mandilli sich erstaunt umsieht.

"Du schönes Haus aus Eisen."

"Ja, das ist mein Haus."

Bernd setzt sich auf den Rücksitz und bittet Mandilli zu sich.

Mandilli kommt sehr langsam und verführerisch auf ihn zu, aber dann zieht er sie zu sich herunter auf seinen erregten Schoß. Er vergräbt sein Gesicht in ihre prallen Brüste und vollzieht seinen Liebesakt wenig zärtlich, aber Mandilli hat großen Spaß daran und kann nicht genug davon bekommen.

Weil Bernd nicht mehr so jung ist, lässt seine Leistung schnell nach und er braucht eine Pause.

Mandilli ist so unersättlich, dass sie alles daran setzt, um Bernd wieder einsatzbereit zu machen.

Bernd liegt erschöpft auf der Bank und ist eingeschlafen. Mandilli kniet sich vor ihm nieder und macht den kleinen Mann wieder so mobil mit ihrer Zunge, dass Bernd vor Wollust fast den Verstand verliert.

"Du bist wundervoll" stöhnt er ihr ins Ohr. Mandilli ist glücklich und kommt in einen Genuss, der ihr das ganze Leben versagt geblieben war.

Wieder kommt es zu einem harten Liebesakt, während Mandilla alles daran setzt, dass der kleine Mann nicht wieder schlapp macht.

Erst nach dem fünften Liebesakt lässt Mandilli von Bernd ab, der fast tot in den Schlaf fällt.

Als der neue Morgen angebrochen hat, wird Bernd gerädert wach und fühlt sich total ausgelaugt. Sein Gesicht sieht ganz zerknittert aus und der Bart ist ganz nass vom Sabbern. Zunächst muss er sich erst einmal sammeln, um zu registrieren was los ist.

Langsam kommt die Erinnerung zurück und jetzt merkt er erst, dass ihm sein bestes Stück weh tut.

Bevor er weiter seine Gedanken sortieren kann, kommt Mandilli zurück mit einem strahlenden Lächeln.

Bernd geht sofort auf Abwehr und sagt:

"Alter Mann kaputt, heute nichts mit Amore."

Mandilli lacht laut auf und antwortet ihm:

"Altes Mann gestern sehr gut, aber ich nicht wollte weißen Mann kaputt machen. Wir viel Kraft und Arbeit für neues Schiff. Ich helfe Dir und nun schau nach draußen."

Bernd erhebt sich schwankend, schaut Durch das Seitenfenster und traut seinen Augen nicht.

"Sag Frau, wie hast Du das alles hier her gebracht? Das

reicht sogar für zwei Schiffe."

"Während Du geschlafen hast, habe ich alles Holz und Lianen herbei geholt. Jetzt komm, worauf wartest Du noch?"

Da springt Bernd auf und macht sich ans Werk, dass ihm die Schweißperlen nur so herunter laufen.

Mandilli wedelt frische Brise mit einem Palmenfächer, so dass sein Baströckchen hoch fliegt und seine Männlichkeit Einblick gewährt.

Da fragt Mandilli: "Wann ist Schiff fertig?"

Bernd hält inne, schaut Mandilli verständnislos an und antwortet:

"Wenn es so weiter geht wie heute, dann beim nächsten Vollmond, also in nur noch wenigen Tagen."

"Wohin wirst Du mit dem Schiff fahren?"

Bernd grinst viel sagend und sagt:

"In meine Heimat."

"Du nimmst mich doch mit, oder?"

"Das habe ich Dir versprochen und so wird es geschehen."

"Wenn Du machst Trick mit mir, dann wird unser Stamm Dich finden.

Mein Vater ist milde gestimmt, weil ich ihm sagen, Du gutes Mann und heiße Liebe."

"Oh nein, nicht noch einmal so einen Stamm im Nacken," seufzt Bernd genervt.

"So, für heute ist Feierabend, ich werde schlafen gehen und zwar alleine."

Bernd räumt sein primitives Werkzeug in den Bus und verschließt die Tür.

Mandilli schaut Durch die Scheibe, schüttelt den Kopf und zieht sich grinsend zurück.

Anneliese fällt Durch ihre glückliche Ausstrahlung auf und die Kunden fühlen sich von ihr so richtig gut beraten.
Die Chefin beobachtet sie von ihrem Büro aus und lächelt wohlwollend.
Kurz vor Geschäftsschluss bittet Frau Kramer ihre Angestellte in ihr Büro.

Anneliese klopft zaghaft an und wird herein gerufen.
"Kommen Sie doch herein Frau Müller und nehmen Sie Platz."
"Habe ich einen Fehler gemacht, oder verkehrt abgerechnet? Sie rufen mich doch nicht ohne Grund zu sich."

"Frau Müller, seien Sie ganz entspannt und beruhigt, auch wenn es sich komisch anhört, wenn ich Sie heute und jetzt frage, was Sie so positiv verändert hat. Natürlich ist es gut für s Geschäft und auch für Sie selbst."

"Also gut Frau Kramer. Wie sie wissen, ist mein Mann verschollen, aber ich habe aufgehört zu trauern und ich sehe nicht ein, wie eine Nonne zu leben. Wenn ich so glücklich nach außen hin wirke, dann liegt es an diesem jungen Mann, den ich erst kurz kenne."

Frau Kramer ist nun sichtlich erleichtert und sagt:
"Da freue ich mich aber sehr für sie. Wann ist das nächste Rendezvous?"
"Jetzt am Wochenende und ich verrate ihnen noch ein Geheimnis. Diesen jungen Mann habe ich hier auf meinem Arbeitsplatz kennen gelernt."

"Frau Müller, Sie haben Recht und Sie sind viel zu jung, um alleine zu versauern. Ich wünsche Ihnen einen

schönen Feierabend und wir sehen uns morgen früh".
Erleichtert begibt sich Anneliese zum Ausgang und
lächelt vor sich hin.
Sie muss die ganze Zeit an Hansi denken und kann es
kaum erwarten, bis er endlich in den Laden kommt.
Als Anneliese zum Wagen geht und gerade los fahren
will, steht Hansi lächelnd vor ihr.
Er geht um den Wagen herum zur Fahrertür, wo schon
die Seitenscheibe herunter gekurbelt wurde.
"Das ist aber eine schöne Überraschung, junger Mann."
"Mein Auftrag war schneller zu Ende als erwartet und nun
bin ich wieder hier. Haben Sie heute Abend Zeit für einen
einsamen jungen attraktiven Mann?"
"Oh, wir haben es mit einem selbstgefälligen eitlen Mann
zu tun", antwortet Anneliese humorvoll.
"Ich möchte mit Ihnen in ein gepflegtes Weinlokal gehen."
"So, so und lassen Sie mich raten, dass Sie ein gutes
Weinlokal kennen."
"Ja, so ist es und sagen Sie schon ja. Bitte!"
"Okay, da sage ich gerne zu und Treffpunkt wieder hier
auf dem Parkplatz?"

"Nein, ich hole Sie von zu Hause ab und bringe Sie auch
wieder bis zur Haustür, denn ich habe mir letztens richtige
Sorgen um Sie gemacht, weil heut zu tage soviel
passiert."
Annliese passt dieser Vorschlag nicht so richtig wegen
der Nachbarn und dem Gerede.

"Habe ich etwas Falsches gesagt? Sie zögern, als ob es
ihnen nicht Recht ist."
Anneliese schaut in diese wunderschönen vertrauens-
würdigen Augen und sagt dann:
"Warum eigentlich nicht, ich wohne in der Schwalben-
straße. Die Hausnummer ist 64, vierter Stock."

Hansi tätschelt Annelieses Wange und sagt dann spitzbübig:
"Ich bin um 19:30 Uhr vor dem Haus, also dann bis später."
Anneliese gibt Gas und Hansi verschwindet in der Fußgängerzone.

Auf dem Weg nach Hause muss sie unentwegt an die neugierigen Nachbarn denken, wie die sich die Mäuler zerreden werden.
Sie macht eine abwertende Handbewegung und redet sich ein, ein Recht zu haben nach Glück. Wer weiß, ob Bernd je wieder zurückkommt.
Sie parkt vor dem Haus und eilt schnell in den Fahrstuhl, der gerade auf Erdgeschoss bereit steht.
In der Wohnung angekommen, legt sie eine Schallplatte mit Saxophonmusik auf, damit sie in die richtige Stimmung kommt.

Das Thermometer zeigt immer noch 32Grad Celsius an und die Hitze steht in allen Räumen.
Anneliese öffnet alle Fenster und lässt richtig Luft Durch die Wohnung ziehen, bevor sie unter die Dusche geht.
Für den Abend wählt sie ein Spaghettishirt und Caprihose in den sommerlichen Farben lindgrün.
Mit ihren neuen Haarschnitt hat sie wenig Arbeit und zaubert die Frisur mit ihren Fingern locker hin.
Das braune glänzende Haar fällt locker auf ihre Schultern, wobei der Nacken länger ist, als das Deckhaar.
Als Parfüm wählt sie einen leichten erfrischenden Duft, der auch sehr betörend wirkt.

Hansi parkt pünktlich auf dem Wohnpark, steigt aus und

sucht das Haus.
Die Kinder spielen auch noch draußen und wollen nicht
zu Bett gehen.

Anneliese schaut aus dem Fenster und winkt Hansi zu.
"Ich bin gleich bei Ihnen."
Hansi versteht und geht zu seinem Wagen und bleibt
davor stehen.

Da steht nun Anneliese vor ihm und er verliert bald seinen
Verstand.
Er öffnet die Beifahrertür und lässt Anneliese einsteigen,
geht um den Wagen herum, um selbst einsteigen zu
können.

"Auf gehts in ein romantisches Weinlokal ins bergische
Land."
" Soweit wollen Sie fahren für ein paar Römer Wein?"
"Lassen sie sich einfach überraschen, meine Schöne."

Die Fahrt dauert eine knappe halbe Stunde, als der
Porsche vor einem alten schiefen Fachwerk zum Stehen
kommt.
In bunter alter Schrift steht: "Zum ehrenwerten Küfer".
Anneliese schaut auf dieses alte Gebäude und sagt:
"Da fragt man sich, wie in einem so schiefen Gebälk
Möbeln gerade stehen können."

Hansi hält galant die Autotür auf und führt Anneliese zu
diesem schiefen Fachwerk.
Er öffnet die alte schwere Holztür und zieht Anneliese
hinter sich her in den Schankraum.
Durch dieses Gebälk wirkt jeder Tisch wie ein Separee
und dort findet man viele Pärchen vor.
Die Wirtsleute sind im gestandenen Alter und schon alte

Küfer in der dritten Generation.

Hansi führt Anneliese zu einem gemütlichen Eckchen, wo sie ganz ungestört waren.

Er überreicht ihr die Weinkarte und Anneliese studiert die ganzen Weinarten die es gibt, aber legt die Karte wieder auf dem Tisch.

"Haben sie schon gewählt?"

Anneliese wird ganz verlegen und sagt schließlich:

"Ich habe absolut keine Ahnung von den ganzen Weinsorten, daher wählen Sie den richtigen Wein aus."

"Also gut, dann werde ich einen Rheinhessen 1976 bestellen."

Die Kellnerin kommt an den Tisch und fragt freundlich nach den Wünschen.

Hansi bestellt eine Flasche von dem Rheinhessen 1976 und zündet die Kerze an, die auf dem Tisch steht. Er schaut Anneliese an und stellt ziemlich persönliche Fragen.

Anneliese antwortet ehrlich und offenbart, dass sie für Hansi tiefe Gefühle hegt.

Hansi ist innerlich sehr bewegt, lässt es sich nicht anmerken.

Als die Kellnerin mit dem Wein kommt, sagt Hansi:

"So My Lady, jetzt ist ein besonderer Moment gekommen."

Er erhebt sein Glas, schaut Anneliese mit leuchtenden Augen an und fragt:

"Sollen wir nicht auf Du trinken? Wir fühlen füreinander sehr viel und es fällt mir schwer, immer Sie zu sagen, wenn ich Dich am liebsten in den Arm nehmen möchte."

Anneliese errötet vor Verlegenheit und senkt ihren Blick.

Während Hansi auf eine Antwort wartet, blickt Anneliese ihm plötzlich fest in die Augen und willigt ein zum Du über zu gehen.

Mit verschränkten Armen trinkt jeder aus seinem Glas
und dann ergreift Hansi die Initiative und küsst seine
Anneliese leidenschaftlich, dass ihr Hören und Sehen
vergeht.
"Ich bin Anneliese."
"Und ich bin Hansi."
"Sehr angenehm!"
Beide geben sich locker und heiter, was der Wein
unterstützt.
Hansi erzählt von seinen Beruf, den er sehr liebt und ihm
wenig Freizeit lässt.
Anneliese erzählt von ihrem Mann, der sie schon sooft
betrogen hat und auch noch spurlos verschwunden ist.
"Jetzt bist Du nicht mehr alleine, weil Du mich jetzt hast
und das meine ich ernst."
Anneliese schwebt im 7. Himmel und hat schon die ersten
Zukunftspläne.

Die Weinflasche ist leer und die Kellnerin bringt eine
weitere Flasche.
Hansi bittet um die Rechnung und füllt die Weingläser.
"Hiermit erhebe ich mein Glas auf die aufregendste Frau
und auf uns."
Anneliese bemerkt, dass Hansi in diesem Zustand
unmöglich Auto fahren kann und überredet ihn, ein Taxi
zu bestellen.
"Du hast Recht, wir fahren mit der Taxe nach Hause und
ich kann getrost noch ein Glas trinken".

Nachdem die zweite Flasche leer getrunken, ist Hansi
ganz schön beschwipst.
Bei den Wirtsleuten bestellt er ein Taxi, welches schnell
vor Ort ist.
Sie steigen hinten ein und Hansi legt seinen Arm um
Annelieses Schultern.

"Wohin darf ich die Herrschaften bringen?"
"Schwalbenstrasse 64."
Hansi schaut erstaunt und sagt:
"Das ist doch Deine Adresse?"
"Ja, und da mache ich Dir einen starken Kaffee, damit Du wieder klar wirst."
"Ein guter Gedanke, ich freue mich schon."
Er legt seinen Kopf auf ihre Schulter und atmet ihr Parfüm ein.
Anneliese genießt die Nähe und sehnt sich nach etwas, was sie schon sehr lange vermissen musste.

Das Taxi hält und der Fahrer nennt den Fahrpreis, den Anneliese diskret zahlt.
"Hansi. Aufwachen, wir sind da."
Hansi sieht erschrocken auf und steigt aus.

Anneliese schließt die Haustür auf und zeigt Hansi, dass er still sein soll im Treppenhaus.
Schweigend laufen sie die Treppen hoch und Anneliese schließt die Wohnungstür auf.
Im Flüsterton bittet sie ihn herein, doch Hansi ist überwältigt über so viel peinliche Ordnung und Sauberkeit, dass er sich gleich die Schuhe in der Diele auszieht.
Anneliese bereitet gerade einen starken Espresso zu und sagt zu Hansi:
"Gefällt es Dir?"
Er schaut sich scheu um und antwortet:
"Ich bin überwältigt, Du hast es sehr schön gemütlich."
"Bitte setz dich doch, ich komme gleich."
Hansi setzt sich auf die Couch und schaut Anneliese sehnsüchtig entgegen, als sie mit der Espressotasse herein kommt.
"So mein Lieber, das wird Dich wieder munter machen."

Anneliese stellt die Tasse auf den Tisch und setzt sich neben Hansi.

Er zieht sie ganz nah an sich heran und küsst sie stürmisch. Anneliese lässt diese Nähe geschehen und genießt es, wie Hansi sie begehrt.

Sie liegt halb auf dem Sofa und er küsst ihren Hals bis zum Dekollete, wobei er ganz nah über sie gebeugt ist. Wieder und immer wieder küssen sie sich und Anneliese signalisiert, dass sie bereit ist für den letzten Schritt. Hansi spürt die Signale und zieht Anneliese Stück für Stück aus, während er nicht aufhört sie weiter zu küssen. Anneliese knöpft Hansis Hemd auf und küsst seine Brust, wobei sich beide in solch einer Leidenschaft verlieren. Als sie ganz nackt sind, führt Anneliese ihren Romeo vor den Kamin auf einen weichen Fellteppich, wo sie sich niederlegen und der Leidenschaft freien Lauf lassen. Anneliese vergisst alles um sich herum und gibt sich ihrem Romeo grenzenlos hin. Hansi gibt Anneliese in einer Nacht alles, was sie schon seit Monaten von ihrem Mann nicht mehr bekommen hatte. Eng umschlungen schlafen sie vor dem knisternden Kaminfeuer ein.

In den frühen Morgenstunden erwacht Hansi schon sehr zeitig und betrachtet seine Anneliese. "Wie schön sie ist;" denkt er und streichelt ihren Körper zärtlich. Anneliese rekelt sich wohlig und schlägt die Augen auf. "Du bist schon wach? Hast Du denn gar nicht geschlafen?"

"Ein paar Stunden vielleicht, aber Dich beim Schlafen zu beobachten war mir viel wichtiger und ich bin zu der

Feststellung gekommen, dass Du wunderschön bist."
"Mein lieber Hansi, vergiss nicht den Altersunterschied.
Jetzt mag es noch nicht ins Gewicht fallen, aber denk mal
20 Jahre weiter."
"Anneliese! Jetzt höre mir mal zu, so etwas möchte ich
nicht wieder von Dir hören. Ich liebe Dich und nur das
zählt. Die vergangene Nacht hat mir gezeigt, wie gut wir
zusammen passen und dass alles zwischen uns stimmt."
"Also gut, ich nehme Dich beim Wort und jetzt gehe ich
unter die Dusche und kümmere mich um das Frühstück."
Mit leichtem Schwung steht Anneliese auf und läuft stolz
mit ihrem gut gewachsenen Körper Durch den Raum, wo
Hansi mit leuchtenden Augen hinter her sieht.
Als er die Dusche hört, schleicht er sich leise heran und
steigt mit hinein.
"Du Schlingel!" sagt die eingeschäumte Anneliese und
wendet sich Hansi zu, so dass sie sich gegenüber stehen.
Anneliese greift zum Schwamm und schäumt ihn damit
ein, was erneut die Leidenschaft erweckt.
Unter der laufenden Brause vollziehen sie ihren
Liebesakt, den sie besonders stark empfinden.

Glücklich in einem flauschigen Bademantel kommen sie
hervor und haben großen Appetit.
Anneliese bereitet ein üppiges Frühstück zu, woran sie
sich laben.
Plötzlich sagt Hansi:
"Anneliese, ich möchte in Zukunft immer so mit Dir
aufwachen und Duschen. Kurz um, werde meine Frau!"
Anneliese bleibt fast der Bissen stecken, aber dann
lächelt sie verliebt.
"Mein lieber junger Hansi, Du bist ein Kindskopf. So
einfach ist das nicht. Ich müsste meinen Mann für Tod
erklären lassen, aber ich habe keinen Anhaltspunkt, wo
er überhaupt sein könnte. Bitte dräng mich nicht und

lass mich den Rechtsweg gehen, damit ich mit reinem Gewissen Deine Frau werden kann, ja?"

"Damit bin ich einverstanden, hoffentlich dauert es nicht so lange. Wie komme ich zu meinem Auto? Ich werde mir eine Taxe bestellen."

"Ich fahre Dich zu Deinem Auto und anschließend auf meine Arbeit."

"Genial, dann ziehe ich mich gleich an."

Anneliese räumt den Tisch ab, bringt die Küche wieder in Ordnung und zieht sich ebenfalls an.

Nach wenigen Minuten sind beide bereit und steigen in Annelieses Audi Coupe.

Verschiedene Nachbarn hängen hinter ihren Gardinen und drücken sich die Nase an den Fensterscheiben platt. Hansi schaut sich den Wagen interessiert an und sagt:" Das ist aber ein toller Schlitten."

"Das weiß ich, irgendwie muss ich doch mit Dir Schritt halten können."

Nach wenigen Kurven kommt der Wagen zu stehen und Anneliese erinnert Hansi daran, dass er aussteigen muss.

Er fällt ihr um den Hals, drückt sie fest an sich und steigt dann widerwillig aus.

"Ich rufe Dich an wegen heute Abend."

"Gut Hansi, aber jetzt muss ich los. Bis später."

*

Bernd wird Durch das Gepolter wach und schreckt hoch. Er erhebt sich, schaut nach draußen und sieht das viele Holz.

Da kommt Danilli zum Vorschein und fragt:

" Na, weißes Mann, reicht das für Schiff?"

"Hm, wo und wie hast Du das Holz herbei geschafft?"

"Mein lieber Brummbär, Liebe vermag viel und ich helfe

Dir Dein Schiff zu bauen."
Bernd kratzt sich seine Kopfhaut und streicht sich über seinen Bart, während er sich umsieht.
Dann nickt er zufrieden und sagt:
"Danilli, das reicht für das Schiff und wir werden noch schneller fertig werden."
Danilli macht einen Freudentanz und kann es kaum erwarten, endlich aus dem Dschungel zu kommen.
Bernd drückt diese Tatsache schwer auf den Magen und er denkt angestrengt nach, wie er ohne sie entkommen kann, weil sie ihm ständig auf der Pelle hängt.
"Was hat weißer Mann, warum so ernst?"
"Ach es ist nicht," winkt Bernd ab.
Mit Danillis Hilfe kommt er gut voran und das Floß wird fertig.
"Wir müssen feiern und Feuerwasser trinken." Danilli hat einen Krug dabei und gießt das Feuerwasser in einen Tonbecher, den sie Bernd zum Trinken reicht.
Als Bernd ein paar Schlucke getrunken hat, überkommen ihn wieder Gelüste, worauf Danilli schon wartet.
Sie setzt sich auf seinen Schoß und gibt ihm immer wieder von dem Feuerwasser zu trinken, bis sie eine Wirkung spürt.
Sie umklammert mit ihren braunen Beinen seine Taille, dass er sich nicht mehr von ihr lösen kann.
Er erlebt soviel Leidenschaft, dass es ihm schon fast leid tut, von dort weg zu gehen. Soviel Leidenschaft hat er mit seinem Annelieschen nie erlebt. Trotzdem will er wieder zu ihr und sie dazu bringen, dass sie ihn so liebt.

"Danilli, ich bin müde und morgen früh geht die große Reise los. Wir müssen jetzt schlafen."
"Du Recht mein wilder Stier, dann bis in der Früh. Ich werde da sein."
"Du gehst doch zu deinem Stamm!"

"Oh nein, ich bleibe bei Dir, damit Du nicht ohne mich fort gehst."

Bernd zieht einen Flunsch und sagt:

"Tu, was Du nicht lassen kannst."

Er legt sich auf die letzte Bank und Danilli auch, wo sie ihn umklammert fest hält.

Bernd überlegt, wie er diese Klette loswerden kann, aber da fällt ihm nur das offene Meer ein.

Es wird ihm schon irgendwie gelingen. Mit diesem Gedanken schläft er friedlich ein.

Verkatert wird er am anderen Morgen wach und steht grimmig auf.

Als er aus dem Seitenfenster sieht, erhellt sich sofort sein Gesicht.

Er sieht kurz zu Danilli herüber und grinst vielsagend.

"Weißer Mann glücklich, nicht wahr?"

"Hm. Heute bei Sonnenuntergang geht es an Bord."

Bernd bereitet alles vor und versucht den Bus auf das Floß zu steuern.

Der Tank ist zum Glück noch halbvoll. Bernd startet den Motor und löst mit diesem Geräusch die Aufmerksamkeit der Eingeborenen.

Verschiedene Stämme kommen mit primitiven Waffen angelaufen und umkreisen den Bus.

"Hugga hugga gammamati kutti,kutti?"

"Was reden die da, Danilli?"

"Sie fragen, was das für eine Monstermaschine ist."

"Wie jage ich die weg?"

"Kann Dein Bus noch mehr Krach machen?"

"Bernd grinst breit, weil ihm einfällt, dass er den Bus noch mehr Geräusche machen lassen kann.

Mit seiner Ferse tritt er auf die Motorbremse und gibt Gas im Wechsel, was eine schöne stinkende Rauchwolke erzeugt.

Die Eingeborenen ergreifen die Flucht und haben Angst,

was sie Durch ihr schrilles Geschrei ausdrücken.
Danilli schaut ganz stolz auf ihren weißen Mann und sagt:
"Du clever Mann, hast Feinde in die Flucht geschlagen."
"Danilli, wir fahren gleich, bevor noch mehr Krieger
kommen."

Der Bus befindet sich so auf dem Floß, das er von dort
nicht wegrollen kann.
Bernd gibt Gas, bis das Floß mit dem Bus ins Meer
rutscht und das kostet Nerven und GeDuld.
Plötzlich kommt er in die Schräglage und gleitet ins
Wasser.
Bernd steigt aus und begutachtet noch einmal das Floß,
ob es Stand hält.
Jetzt ist er auf günstigen Wind angewiesen, aber er
versucht den Kurs zu halten.
Danilli ist etwas ängstlich und es kommen Zweifel auf, als
sie nur noch von Wasser umringt sind.
Bernd wird langsam ärgerlich und schreit Danilli an:
"Hör auf zu jammern und geh in den Bus. Wenn Du so
ängstlich bist, mach die Augen zu und halt Deine Klappe."
Danilli sieht Bernd mit großen Augen an und fragt:
"Was ist mit Klappe gemeint?"
Genervt schüttelt Bernd den Kopf und brabbelt vor sich
hin: "Ist die dämlich."
Noch einmal inspiziert er sein Floß und ist froh, dass es
schwimmt.
Der Wind steht günstig und das Floß macht 28 Knoten.
Als die Dämmerung herein bricht, ist ein sternenklarer
Himmel zu sehen.
Mit seinem Baströckchen wird es ihm ganz schön kalt und
er zieht es vor in den Bus zu steigen.
Die Müdigkeit übermannt ihn sehr bald, dass er
einschläft. Plötzlich wird er unsanft aus dem Schlaf
entrissen, weil ein Sturm aufgekommen war von

mindestens Windstärke 6.

Sein Floß treibt sehr unruhig und geht mit den hohen Wellen mit, dass Bernd und Danilli Seekrank werden.

Wie ein Schluck Wasser liegen sie in den Ecken grün im Gesicht.

Afrika ist schon in so weiter Ferne, dass sonst kein Land mehr in Sicht ist.

Als Proviant haben sie nur Bananen, Kokosnüsse und Feuerwasser dabei.

"Hoffentlich kommt bald ein großes Schiff", denkt Bernd laut.

Der Wind hat sich gelegt und es herrscht Flaute, in der sie langsam treiben.

*

Anneliese erwartet Hansi zum Abendessen und hat den Tisch schon festlich gedeckt.

Das Telefon klingelt und Hansi ist am anderen Ende der Leitung.

"Du Spatzl, es wird etwas später werden, ca. eine halbe Stunde, aber ich komme auf jeden Fall."

Anneliese schaltet den Fernseher an um die Nachrichten zu sehen, als man Bernd schon gesichtet hat mit dem Floß.

Der Nachrichtensprecher berichtet: "Heute früh hatte die Marine ein Floß auf dem Radar. Wobei es sich handelt, kann im Augenblick noch nicht berichtet werden. In den Spätnachrichten werden wir wohl mehr Information bekommen haben."

"Was es nicht alles gibt;" sagt Anneliese zu sich selbst und da klingelt es bei ihr.

Hansi kommt salopp die Treppen hoch und umarmt seine Anneliese.

"Grüß Dich Spatzl. Ich musste noch zu einem Notfall und

jetzt bin ich bei Dir."
Sportlich steigt er aus seinen Schuhen und setzt sich an den gedeckten Tisch.
"Das sieht aber ganz toll aus. Was gibt es denn Feines?"
"Eine Dorade aus dem Backofen mit Süßkartoffelstampf und Spitzkohl."
"Da hast Du Dir aber viel Umstände gemacht."
Während Anneliese anrichtet, öffnet Hansi den Weißwein und gießt ein.
Plötzlich kommen wieder die Nachrichten in Erinnerung und Anneliese wird ganz unruhig.
"Was ist los, Spatzl?"
"Ich weiß es nicht, aber ich habe plötzlich Beklemmungen, als ob sich bald etwas Furchtbares ereignet."
"Bitte mache Dich nicht verrückt und denke einfach nur an uns und lass diese Gedanken nicht zu."
Anneliese kann den Gedanken einfach nicht los lassen, aber sie wendet sich Hansi wieder zu, der sie zärtlich ansieht.
"Bitte konzentriere Dich nur auf unseren Abend, der erst einmal der letzte sein wird. Wie Du weißt, muss ich auf die Messeausstellung wegen der neuen Computer."
Anneliese seufzt schwer und sagt:
"Du wirst mir sehr fehlen, aber die Zeit geht auch vorüber und es bleibt immer noch das Telefon."
"Ach Annelieschen, ich bin erleichtert dass Du so denkst und ich ruf Dich sooft an, solange ich fort bin."
"Mein lieber guter Hansi, Du bist so eine große Bereicherung in meinem Leben und ich bin froh, dass es Dich gibt."

Anneliese steht auf und räumt den Tisch ab, während Hansi dabei hilft. Im Nu ist alles wieder aufgeräumt und Hansi hat die Gläser schon gefüllt.
"Komm Spatzl, lass uns unseren letzten Abend

miteinander genießen."

Anneliese setzt sich zu ihm und lehnt sich an seiner Schulter, während Hansi seinen Arm um sie legt und ihren Rücken streichelt.

"Hm, tut das gut," stöhnt Anneliese und dann treffen die Lippen aufeinander zu einem innigen Kuss.

Da hält sie plötzlich inne und sagt:

"Komm Liebling, ich weiß einen Platz, wo es gemütlicher ist."

Zärtlich zieht sie ihren Hansi von dem Sofa hoch und führt ihn ins Schlafzimmer.

"Mach es Dir schon einmal bequem, ich gehe mich nur frisch machen."

Hansi schaut sich verzaubert um und ist fasziniert über soviel Ordnung, dass er sich gar nicht traut zu setzen.

Als Anneliese aus dem Bad kommt, hat sie ein ver- führerisches Neglige an und ein betörendes Parfüm aufgelegt.

"Was ist los? Wieso stehst Du so verloren da?"

"Bei dieser peinlichen Ordnung traut man sich gar nichts mehr."

Hansi steht da wie ein schüchterner Schuljunge, der vor seinem ersten Erlebnis steht.

Anneliese geht ganz langsam auf ihren jungen Freund zu und streicht ihm über sein Haar und Gesicht, wobei sie sich auf die Bettkante setzt.

Sie hält ihn an beiden Hände und zieht ihn zu sich herunter, wo Hansi seine Ängste verliert und sich ganz seiner Liebe hin gibt.

Anneliese hat kein schlechtes Gewissen, weil es sich in ihrem Ehebett abspielt, da sie mit ihrem Bernd abge- schlossen hat.

Der Wecker ist für 5:00 Uhr gestellt und der Gedanke an den Morgen tut jetzt schon weh, aber man genießt einfach das Gefühl.

Eng umschlungen liegen sie eingehüllt unter einer dünnen Bettdecke.

Dann löst sich Hansi aus der Umarmung und steht auf. "Ich gehe auf den Balkon eine Zigarette rauchen."

Anneliese steht auch auf und leistet ihm Gesellschaft, auch wenn sie Nichtraucherin ist.

Genüsslich bläst Hansi den Rauch in die nächtliche Dunkelheit und genießt die körperliche Nähe von Anneliese, die sich von hinten an ihn schmiegt.

Nachdem er den letzten Zug gemacht hat, schnippt er die Kippe über die Balkonbrüstung. Ein leichtes Frösteln macht sich breit und schnell huscht er wieder ins Bett, wo er sich an Anneliese kuschelt.

Wieder erwacht der Wunsch in ihm mit ihr zu schlafen, wo er sie mit dem Vorspiel zum Wahnsinn treibt.

Annelieschen entwickelt sich zu einer unersättlichen Frau, die den jungen Hansi an die Grenzen seiner Kräfte führt.

Glücklich und geschafft schlafen sie in dieser Position ein, bis sich der Radiowecker erbarmungslos anschaltet. "Es ist Punkt 5:00Uhr, sie hören die Nachrichten. Das gestern gesichtete Floß nähert sich Spanien. Ein Schiff der Marine hält Kurs zum Floß, fall sich Schiffbrüchige dort befinden. Sonst gibt es zurzeit keine weiteren Nachrichten. Und nun zum Wetter, die Temperaturen erreichen heute 28 Grad Celsius. Das waren die Nachrichten am Morgen. Es ist genau 5:05 Uhr."

Anneliese springt ganz aufgeregt auf und schreit fast: "Hast Du das gerade gehört? Auf diesem Floß befindet sich bestimmt Bernd. Wenn er das wirklich ist, das wäre eine Katastrophe. Hansi, Darling, ich habe solche Angst. Was soll ich tun, wenn sich meine Befürchtungen bewahrheiten?"

Hansi ist noch ganz benommen und nicht richtig

aufnahmefähig.

"Was ist denn los und wovor hast Du solche Panik?"
Als Anneliese merkt, dass Hansi nichts mit bekommen hat, sagt sie abwertend:
"Ach nicht so wichtig. Es ist Zeit zum Aufstehen, ich mache Dir Kaffee und Frühstück."
Hansi springt schnell unter die Dusche, während Anneliese sich in der Küche um das Frühstück kümmert.
Der KaffeeDuft zieht Durch die ganze Wohnung und Anneliese schaltet das Radio ein.
Hansi kommt mit nassem Haar und nur von einem Badehandtuch eingehüllt an den Frühstückstisch. Er sieht zum Knuddeln aus in seiner jungen unbeschwerten Erscheinung.
Plötzlich fragt er:
"Was hast Du in der Früh gesagt? "
"Du hast die Nachrichten wirklich nicht gehört?"
"Nein. Bitte sag mir doch endlich, was Dich so in Aufregung versetzt hat."
"Also gut, ich befürchte, dass mein Mann noch lebt und auf dem Weg nach hier ist. Man hat ein Floß entdeckt, das im Meer treibt."
Hansi ist nun ganz blass geworden und fragt ganz zaghaft:
"Was wirst Du tun, wenn es wirklich so ist?"
Anneliese geht auf Hansi zu und hält ihn ganz fest, während sie ihm sagt:
"Nichts wird sich zwischen uns ändern. Sollte Bernd hier auftauchen, dann wird er mit der Tatsache konfrontiert, dass er gleich seine Koffer packen kann."
"Da bin ich aber beruhigt, denn ich habe tatsächlich befürchtet, dass Du mich in diesem Fall fort schickst."
"Du bist doch noch ein Kindskopf, aber vertraue mir, dass ich alles Rechtliche in die Wege leiten werde."
Hansi muss sich nun auf den Weg machen und fährt mit

einem Unbehagen fort.

Seit Tagen treibt Bernd mit dem Floß auf dem offenen Meer, als er plötzlich etwas weißes sieht, was noch sehr weit entfernt ist.

Er hält gebannt Ausschau und muss feststellen, dass dieser weiße Fleck immer größer wird und sich als Schiff darstellt.

"Danilli, jetzt wird uns geholfen. Schau, da kommt ein großes Schiff Direkt auf uns zu."

"Ja, ich sehe. Sag mir was wird sein, wenn das Schiff uns in Deine Heimat bringt?"

"Das kann ich Dir sagen, dann gehe ich zu meiner Frau, denn ich bin schon lange verheiratet. Leider bin ich von den Rumbabums auf offener Strasse mit meinem Bus entführt worden."

Danilli taumelt, als ob sie den Boden unter den Füßen verliert. Dann laufen Tränen über ihr Gesicht und Bernd fragt:

"Was hast Du denn?"

"Ich traurig, weil Du schon eine Frau hast. Warum hast Du nicht schon früher gesagt, dass Du eine Frau hast?"

"Danilli, ich konnte nicht, sonst hättest Du mir nicht geholfen, mit dem Floß weg zu kommen."

"Vielleicht hattest Du Recht damit, aber was soll jetzt aus mir werden?"

"Mache Dir keine Sorgen, ich werde Dir helfen eine Arbeit und Wohnung zu finden, vielleicht schon auf dem großen Schiff?"

Der Kapitän sieht Durch sein Fernrohr und bekommt einen Lachkrampf.

Die Besatzung versteht die Welt nicht mehr und will selber Ausschau halten.

Kapitän Hansen gibt sein Fernrohr weiter an die Besatzung und sagt:

"Hier schaut selber, damit Ihr mich nicht für verrückt haltet."

Der zweite Steuermann sieht Durch das Fernrohr und fällt ebenfalls in einem Lachkrampf.

Jetzt werden die Matrosen auch neugierig und fragen:

"Was ist denn um Himmels Willen so lustig an einem Floß?"

Kapitän Hansen ergreift das Wort und sagt:

"Nicht das Floß, sondern der bunte Bus und der Buschmann."

Das Schiff ist nur noch wenige Meter entfernt und alle Vorkehrungen werden getroffen, dass das Floß und der Bus mit einem Kran auf das Schiff geholt werden können. Die Besatzung lässt sich an einer Strickleiter herunter und befestigt das Floß mit Stahlseilen.

Nachdem alles fest verankert ist, gibt der Matrose ein Handzeichen und das Floß wird aus dem Meer gehoben. Die Matrosen klettern wieder die Strickleiter hoch und helfen das Floß richtig zu lagern.

Bernd steigt aus seinem Bus und muss vor dem Kapitän Rede und Antwort stehen.

"Wie kommen Sie mit dem Floß hier auf das offene Meer? Kommen Sie in meiner Kabine, da können wir in Ruhe reden. Folgen Sie mir."

Bernd läuft hinter dem Kapitän her wie ein braves Hündchen und folgt ihm in seiner Kabine.

"Bitte nehmen Sie Platz. Können Sie mich verstehen?"

"Ja Kapitän, jedes Wort, aber meine Odyssee lässt sich nicht mit wenigen Worten erklären."

Kapitän Hansen antwortet darauf:

"Ich habe viel Zeit und ich muss Bericht erstatten."

Bernd streicht sich über seinen Bart und beginnt zu erzählen, was ihm widerfahren war von Anfang an.

"Das ist ja unglaublich", entrüstet sich der Kapitän.

"Aber wenn ich den Bus da sehe, muss ich ihnen glauben. Frieren Sie eigentlich nicht?"
"Oh ja, aber ich habe nichts an zu ziehen."
Bernd sieht an sich herunter und entdeckt einen Spiegel, was ihn erschaudern lässt, nachdem er sein Spiegelbild gesehen hat.
Kapitän Hansen schickt nach seinen Matrosen und befiehlt für Bernd passende KleiDung zu bringen.
Danilli wird gleich in die Küche geschickt und ihr wird ein Lager gezeigt.

Kapitän Hansen begibt sich zum Funkgerät und macht seine MelDung.
"Floß an Bord geholt mit Bus und zwei Personen. Wir lassen sie in Hamburg an Land."
"So Herr Müller, jetzt bekommen Sie erst einmal etwas Ordentliches zu essen."
"Das klingt gut, nachdem wir die ganze Zeit von Bananen und Feigen gelebt haben."

*

Hansi ist auf dem Weg zu Anneliese und hört gerade die Nachrichten im Autoradio.
"Sie hören die neuesten Nachrichten vom Tage. Das Floß und der Bus mit Fahrer und Buschfrau ist gerettet. Später mehr dazu in den 20:00 Uhr Nachrichten."
Hansi tritt auf die Bremse und muss an Annelieses Aussagen denken.
"Da hat sie doch Recht gehabt," spricht er zu sich selbst und gibt wieder Gas.
An der nächsten Telefonzelle hält er an und wählt die Rufnummer von Anneliese.
Er ist ganz außer sich und sagt nervös:

"Komm, bitte, nimm schon den Hörer ab."

Anneliese nimmt ab und fragt gleich:

"Hansi, was ist denn los? So kenne ich Dich gar nicht. Was ist passiert?"

"Liebes, Du musst jetzt stark sein. Ich habe gerade die Nachrichten gehört und es scheint tatsächlich Dein Mann zu sein, den sie gerettet haben."

Anneliese wird blass und muss sich setzen.

"Oh nein, wie sehr habe ich mich vor diesen Tag gefürchtet. Darling, nichts ändert sich für uns und Bernd muss seine Koffer nehmen."

"Spatzl, soll ich unter diesen Umständen überhaupt vorbei kommen?"

"Und ob, ich muss Dich sehen, bitte komm sofort vorbei, ja?"

"Bin schon unterwegs, bis gleich."

Hansi springt in seinem Porsche und fährt im Eiltempo zu Anneliese. Im Treppenhaus muss er sich ein paar Dumme Bemerkungen von den Nachbarn anhören, die zufällig auch die Nachrichten gehört haben.

Er ist froh, als er in Annelieses Wohnung angekommen ist.

Wie auf Knopfdruck fallen sich die Liebenden in die Arme und umklammern sich, als ob sie sich nie wieder los lassen wollten.

"Ich habe Angst, wenn er hier auftaucht", sagt Anneliese leise.

"Spatzl, Du schaffst das schon. Wenn irgendetwas ist, dann ruf mich an."

"Du bleibst nicht hier?"

"Stell Dir vor, wenn Dein Mann mich hier findet, lieber nicht. Wir wollen nicht den Ärger herauf beschwören."

"Du hast Recht, lass uns die wenige Zeit erfreulicher nutzen."

Wieder liegen sie sich in den Armen und bewegen sich
Schritt für Schritt ins Schlafzimmer.
Wie zwei ausgehungerte geben sie sich ihrer Leiden-
schaft hin, als ob es das letzte Mal wäre.
Nach dem Liebesakt halten sie einander eng
umschlungen und Anneliese haucht erotisch:
"Noch kein Mann hat mich so glücklich gemacht wie Du.
Du hast mich eintauchen lassen in eine Leidenschaft,
die mir völlig fremd ist."
Hansi streichelt ihren Rücken und küsst sie auf ihre Stirn
und lächelt viel sagend.
Dann schaut er auf seine ArmbanDuhr und ist
erschrocken, dass es schon so spät geworden war.
"Ich fahr jetzt wohl besser nach Hause, denn die Leute
hier im Haus machen schon Dumme Bemerkungen."
"Du hast Recht, dann komme ich in der nächsten Zeit zu
Dir."
Während sich Hansi wieder anzieht, grinst er über diese
Aussage.
"Das ist ein guter Einfall und wir können uns trotzdem
sehen.
Jetzt muss ich fahren, hab Dich lieb Spatzl."

Anneliese schaltet den Fernseher an, als Hansi ge-
gangen ist und ist auf das Schlimmste vorbereitet.
Da werden auch schon die ersten Bilder gezeigt, wo
Bernd zu erkennen ist.
Anneliese zittert am ganzen Körper voller Wut und
Verzweiflung.
Plötzlich klingelt das Telefon und sie zögert erst
abzuheben, aber dann nimmt sie den Hörer ab.
"Haben Sie das gesehen?", brüllt Stauberich in den
Hörer. Der soll mir mal kommen, alleine wie mein armer
Bus aussieht. Also, wenn Ihr Mann zu Hause auftaucht,

dann soll er sich sofort bei mir melden."
"Herr Stauberich, Sie können meinen Mann geschenkt haben mit Ihrem Bus. Hier braucht er nicht mehr hin zu kommen, denn ich bin mit ihm fertig.
Einen schönen Abend, Herr Stauberich."

Anneliese legt wütend den Hörer auf und verfolgt weiter die Nachrichten.
Als sie Bernd aus der Nähe sieht, weil man ihn heran gezoomt hat, verfällt sie in einem Lachkrampf über seine Äußerlichkeiten.
Sie hat genug gesehen und gehört und schaltet den Fernseher wieder aus.
Nach soviel Aufregung zieht sie es vor, schlafen zu gehen.
Das Bett ist noch zerwühlt und der Duft von Hansi gegenwärtig, als Anneliese sich einhüllt. Schnell schläft sie ein, aber sie schläft sehr unruhig.
In den frühen Morgenstunden um 4:00 Uhr geht leise der Schlüssel in der Wohnungstür.
Bernd schleicht sich leise in die Wohnung und ins Schlafzimmer.
Der Mond scheint hell und daDurch kann Bernd seine Anneliese im Mondscheinlicht betrachten.
Er verharrt am Fußende und starrt verliebt auf seiner Frau, die ihm so verändert vorkommt und noch schöner geworden ist.
Gefühle kommen bei ihm auf und er legt sich vorsichtig ins Ehebett.
Mit seiner Hand krabbelt er unter ihre Zudecke und streichelt sie an den richtigen Punkten, die er kennt.
Er flüstert leise:
"Stubbeschen, Dein Bärchen, ich wieder da."
Unermüdlich streichelt er sie und sie stöhnt voller Verlangen:

"Oh Hansi, komm zu mir."

Abrupt beendet Bernd seine Verführungskunst und fragt: "Wer ist Hansi?"

Jetzt ist Anneliese wach und Bernd kauert über ihr voller Zorn.

Anneliese schreit vor Entsetzen und Bernd hält sofort ihren Mund zu.

"Sei sofort ruhig, ich bin Dein Mann. Wie ich sehe, hast Du Dir schnell einen anderen gesucht."

Mit einem Satz schubst sie Bernd zur Seite und flüchtet aus dem Bett.

"Ja mein Lieber, ich habe einen Anderen und ich werde ihn nicht gehen lassen, weil ich ihn liebe und eine Leidenschaft erlebt habe, wozu Du nicht fähig bist."

Diese Worte haben Bernd einen Tiefschlag verletzt, dass es Anneliese schon Leid tut, aber sie bleibt hart.

"Sag mal, interessiert es Dich eigentlich gar nicht, was mit mir passiert ist?"

"Na gut, dann fang mal an und vergiss nicht die Einzelheiten. Wie siehst Du überhaupt aus?"

Bernd beginnt zu erzählen, bevor er entführt wurde und was alles danach geschehen war.

Anneliese guckt ungläubig und muss wohl oder übel die Geschichte glauben.

Viel zuviel ist in ihrer Ehe geschehen, dass sie kein Vertrauen mehr hat.

"Ach im Übrigen, Du sollst Dich umgehend bei Herrn Stauberich melden, weil er Dir den Arsch aufreissen will."

So hat sich Bernd das Wiedersehen nicht vorgestellt und für ihn bricht eine Welt zusammen. Was soll er jetzt tun? Er hat eine Eingebung, die für ihn reizvoll sein könnte und das gibt ihm wieder einen neuen Lichtblick.

Anneliese unterbreitet Bernd einen Vorschlag und bittet ihn, sich eine andere Wohnung zu suchen, damit jeder neu anfangen kann.

"Das klingt ganz vernünftig, vielleicht funktioniert das und wir können trotzdem Freunde bleiben."

Am nächsten Tag meldet sich Bernd bei seinem Boss, der ihn gleich zusammen schreit wegen seinem Bus.
Er erklärt ihm, dass man die Farbe wieder weg bekommt, ohne den Lack zu beschädigen.
Die Männer verabreden sich für den Nachmittag, wo Stauberich sich selbst ein Bild von der ganzen Sache machen will.
Stauberich fährt mit hohem Tempo zum Depot und ist als Erster vor Ort.
Er läuft um den Bus herum und inspiziert alles und muss feststellen, dass außer der Farbe nichts an dem Bus weiter schadhaft ist.
Stauberich geht ins Büro und gibt sich als Besitzer von dem Bus aus und legt die Papiere vor, die das bezeugen.
Anneliese hat Bernd mit dem Auto zum Depot gebracht und fährt gleich wieder weg.
"Ah, da sind Sie ja. Hören Sie zu, Sie fahren hinter mir her und bringen meinen Bus wieder in meine Halle."
"Ähm, Herr Stauberich, haben Sie für mich ein Zimmer oder eine kleine Wohnung?"
"Da hat Sie ihre Frau tatsächlich vor die Tür gesetzt? Ich habe noch eine kleine Wohnung frei, wo Sie gleich einziehen können. Von jetzt ab gibt es keine Abenteuer und keine Kapriolen mehr. Haben wir uns verstanden?"
Bernd geht auf das Angebot ein. Er steigt in den Bus und fährt seinem Boss hinter her.
Kaum im Depot angekommen, kommt Herbert um die Ecke und ihm fällt die Kinnlade herunter, als er seinen Chef und seinen Kollegen sieht.
Stauberich steigt gereizt aus seinem Wagen und blafft gleich Herbert an:

"Hast Du nichts zutun? Ich warne Dich, kein Wort zu niemand, was Du jetzt gesehen hast! Haben wir uns verstanden?"

"Ja Chef, ich habe nichts gesehen und jetzt ist Feierabend."

"Alles klar, dann hauen Sie schon ab."

Stauberich macht eine wegwerfende Handbewegung hinter Herbert her.

Jetzt erst kommt Bernd aus dem Bus und folgt seinem Chef in ein altes Haus, welches unbewohnt ist.

Stauberich schließt die Wohnung auf und zeigt die Räumlichkeiten.

Bernd sieht sich begeistert um und sagt ganz euphorisch: "Die nehme ich und renovieren werde ich auch nach meinem Geschmack. Danke Chef."

"Hier sind die Wohnungsschlüssel. Gleich wird der Bus in Ordnung gebracht, das heißt die ganze Farbe entfernen, und morgen wieder Linienfahrt."

Das war eine klare Ansage und Bernd war ganz aufgeregt, ob er seine Nathalie noch vorfindet.

Nach dem Stauberich gegangen war, macht sich Bernd gleich an die Arbeit.

Als er gerade den Bus einschäumt und mit dem Schrubber so richtig die Farbe abrubbelt, steht plötzlich Herbert neben ihn, was ihn ziemlich erschreckt.

"Wo kommst Du denn her? Ich dachte, Du hast Feierabend. Lass mich raten, die Neugierde hat Dir keine Ruhe gelassen, stimmt?"

"Richtig geraten, aber jetzt mal Spaß beiseite. Wo hast Du die ganze Zeit gesteckt? Wie siehst Du überhaupt aus und wieso ist der Bus so kriegerisch bunt?"

"Ähm, wenn ich Dir das erzähle, dann glaubst Du mir ohnehin nicht, doch es ist wahr, dass ich mitsamt Bus entführt worden bin in den tiefsten Dschungel. Da komme

ich endlich nach Hause und mein Stubbes hat
einen anderen und setzt mich vor die Tür. Jetzt sage mir,
was an dieser Geschichte lustig ist. Jetzt lass mich
arbeiten."
Herbert ist das Lachen vergangen und geht nachdenklich
wieder fort.

*

Anneliese fährt sehr gereizt zu ihrem Arbeitsplatz und die
Chefin merkt gleich die Anspannung.
"Was ist denn bloß los? So kenne ich Sie ja gar nicht."
"Tut mir leid, ich muss da etwas in Ordnung bringen. Mein
verschollener Mann kehrt plötzlich zurück und meint
gleich, wieder sich bedienen zu können, aber den habe
ich vor die Tür gesetzt. Ich werde die ScheiDung
einreichen, das bin ich Hansi schon schuldig."
"Alles klar Frau Müller, Sie können heute früher gehen."
"Vielen Dank."
Anneliese sortiert die Ledertaschen und ordnet die
Regale, als ihr die Augen von hinten zu gehalten werden.
"Das kann nur mein Hansi sein."
Hansi zieht sie zu sich herum und lächelt sie wie ein
Schulbub an.
"War Dein Mann da?"
"Und ob, aber ich habe ihn vor die Türe gesetzt. Er weiß
das mit uns und er wohnt jetzt bei seinem Boss zur Miete.
Nach Feierabend suche ich einen Anwalt auf um die
ScheiDung einzureichen."
"Du Spatzl, das ist ja eine gute Nachricht und wir
brauchen uns nicht mehr verstecken. Das müssen wir
feiern. Was hältst Du von einem Essen bei meinen
Eltern?"
"Liebling, genau das brauche ich jetzt, einverstanden."
"Ich muss wieder los und hole Dich um 19:00 Uhr ab, bis

später."

Bernd hat den Bus wieder ganz sauber bekommen und freut sich schon auf die Tour.

Er hat Albträume in der Nacht und schlägt um sich, dass das alte Bett zusammen kracht. Durch den Knall auf dem Fußboden wird er schweißgebadet wach. Er wischt sich den Schweiß vom Gesicht und legt sich auf das Sofa. Gerädert wacht er auf und steigt unter die Dusche. Unter dem warm rieselnden Wasser schäumt er seinen gut behaarten Körper ein.

Das tut gut und erweckt seine Lebensgeister, die ihn an Nathalie denken lassen.

Erfrischt und mit wachem Geist kommt er aus der Dusche und zieht sich schnell an. Damit er unwiderstehlich herüber kommt, schüttet er sich ganz viel von seinem Aftershave über.

Nachdem sein Lunchpaket fertig ist, läuft er beschwingt zu seinem Bus.

Stauberich sitzt gerade beim Frühstück und nickt zufrieden, als er Bernd vom Fenster aus sieht.

Bernd startet und fährt seinen alten Turn. "Ist das schön, wieder hier zu sein," denkt er laut.

Da stehen auch schon die ersten Fahrgäste, die Bernd freundlich begrüßen.

"Das ist aber schön, dass Sie wieder da sind. Wir haben sie vermisst."

"So was hört man gerne, da macht die Arbeit umso mehr Spaß."

Jetzt ist Nathalie wieder gegenwärtig und er hofft, dass sie ihn noch liebt.

Endlich ist er an seinem Bestimmungsort angekommen und stürmt gleich in den Laden seiner Angebeteten.

Nathalie kümmert sich um die neuen Posten, die am Vortag geliefert worden waren.

Bernd schleicht sich heran von hinten und drückt sie in die Umkleidekabine, wo er sich gleich seiner KleiDung entledigt.

"Wo hast Du die ganze Zeit gesteckt?"

"Frag jetzt nicht, aber ich bin von jetzt an für Dich ein freier Mann. Jetzt will ich Dich nur noch spüren."

Bernd ist ganz verrückt vor Leidenschaft und nicht gerade feinfühlig beim Liebesakt, dass Nathalie schreit.

Er tobt sich bei ihr so ausgehungert aus, dass die Kabine in sich zusammen kracht.

Beschämt steht er auf und versteckt sich hinter den Anzügen, um sich wieder anzuziehen.

Nathalie richtet sich auch wieder her und ist sehr wütend, dass sie Bernd keines Blickes mehr würdigt.

Nach dem er wieder richtig angezogen und gekämmt ist, kommt er kleinlaut zum Tresen.

"Es tut mir leid! Der Gaul ist mit mir Durch gegangen, kommt nicht wieder vor. Halte Dir heute den Abend frei, denn ich muss meine Freiheit mit Dir feiern."

"Ist das wirklich wahr?"

"Ja, es ist wahr und wir können bald heiraten."

Nathalie ist wie auf Knopfdruck nicht mehr wütend und schwenkt sofort um.

Bernd muss wieder zurück zum Bus und winkt seiner Nathalie zu und wirft ihr noch einen Handkuss zu.

Mit leuchtenden Augen steigt er wieder in seinen Bus und geht wieder in die Linie.

Da steigt die alte Bürgermeistermutter ein, die Bernd besonders gerne mag und sehr eifersüchtig auf ihn ist.

"Ach mein Junge, wo warst Du nur? Ich bin fast gestorben vor Gram.

Als Anneliese von Deinem Verschwinden berichtet hat, konnte ich es nicht verwinden."

"Oma Stützker, das tut mir aber leid. Ich hatte ja keine Ahnung und ich habe die Hölle erlebt, wo man mich entführt hatte."
"Du bist entführt worden?"
"Ja Oma, mit dem Bus hier."
"Hauptsache, Du bist wieder da und nun musst Du noch besser auf Dich aufpassen."
"Ja Oma, das mache ich."

Als Bernd nach Hause kommt, will Stauberich ihn sofort sprechen.
"Was ist denn jetzt schon wieder los?", seufzt Bernd ungehalten.
Er betritt das Büro und fragt:
"Was gibt es denn?"
"Hier ein Brief vom Jugendamt, per Einschreiben. Was hast Du denn jetzt schon wieder ausgefressen? Bei Dir ist Hopfen und Malz verloren."
Mit zittrigen Händen öffnet Bernd den Brief und wird ganz blass.
"Was? Ich werde......!"
"Was wirst Du?"
"Die Kleine von damals ist schwanger und nun wollen die Unterhalt haben, sobald das Kind geboren ist."
"Können da nicht noch andere in Betracht kommen?"
"Nein, ich war der erste Mann in ihrem Leben und sie war noch Jungfrau.
Sie gehört einer Sekte an, die sich die Zeugen Jehova nennen."
"Was wirst Du tun?"
"Ich muss nachdenken, was ich tue. Verflucht, ausge-rechnet jetzt kommt dieser Brief, wo ich ein neues Leben anfangen will."
"Was soll das heißen? Hast Du schon wieder ein Weib?"

Bernd druckst herum und wird verlegen, aber dann gibt er kleinlaut zu eine alte Freundin zu haben und von den Heiratsplänen.

Stauberich nickt verständnisvoll, aber dann wird er wieder zornig und brüllt los:

"War das mit der Kleinen wirklich notwendig?"

"Ich weiß, aber es kam einfach über mich, als die Kleine so hilflos vor mir stand und so anmutig stotterte."

Jetzt schlägt Stauberich mit der Faust auf den Tisch:

"So jemand wie Dich darf man eigentlich nicht mehr frei herum laufen lassen."

"Von jetzt an wird alles anders, wenn nicht noch mehr Kinder unterwegs sind. Boss, ich kümmere mich darum und bring das in Ordnung."

"Hoffentlich! Jetzt geh, wir sehen uns morgen früh zum Dienst."

Bernd geht unter die Dusche und freut sich schon auf Nathalie.

Er wählt eine gute Kombination aus dem Schrank und legt wieder viel Aftershave auf.

Ein kritischer Blick in den Spiegel stellt ihn eigentlich zufrieden, dass die Haare wieder nach gewachsen sind.

Leider bleibt das große Loch in seiner Nasenwand sichtbar, wo man ihm einen großen Ring gesetzt hatte.

Wenn er sich die Nase putzt, entstehen immer so komische Geräusche.

Jetzt schnappt er sich den Autoschlüssel und läuft zu seinem Audi, den er Anneliese abgenommen hat.

Voller Vorfreude macht er sich auf dem Weg nach Bonn, wo Nathalie schon auf ihn wartet.

Sie sitzt draußen vor einem Bistro und trinkt einen

Cocktail.

Sie trägt einen schwarzen Sonnenhut und wirkt sehr geheimnisvoll.

Bernd kurvt herum und sucht verzweifelt einen Parkplatz, bis endlich eine Parklücke frei wird.

Als er gerade seinen Audi gut eingeparkt hat, steht plötzlich Ottokar Oskar hinter ihm.

Er tippt ihm sehr kräftig auf die Schultern und sagt ganz bestimmt:

"Endlich habe ich Dich erwischt, Du Mädchenschänder. Jetzt ist der Tag der Abrechnung gekommen."

Ottokar holt aus und verpasst Bernd einen Haken, das er nur noch Sterne sieht und zurück taumelt.

Weitere Schläge prasseln auf ihn nieder und er verliert sein Bewusstsein.

Mit einem Gefühl der Genugtuung verlässt Ottokar den Tatort und steigt in seinen VW-Bus.

Nathalie sieht nervös auf die Uhr und versteht nicht, wo Bernd bleibt.

Sie bestellt sich noch einen Cocktail, aber wenn er dann immer noch nicht kommt, fährt sie nach Hause.

Ein älterer Herr geht gerade mit seinem Hund Gassi, als der Hund mit Gebell anschlägt und an der Leine zieht.

"Was witterst Du, Rex?"

Der ältere Mann kommt kaum hinter seinen Hund her, als er schon von weitem etwas sieht.

"Um Himmels Willen, mein Herr können Sie mich hören? Ich hole Hilfe."

Mitten auf der Parkinsel befindet sich eine Telefonzelle, von dort aus der alte Mann den Rettungswagen ruft.

Im Anschluss kehrt er zu dem Verletzten wieder zurück und bleibt bei ihm.

"Mein vornehmer Herr, sind sie wieder bei Bewusstsein?"

Bernd liegt blutüberströmt im Gebüsch und seine KleiDung ist völlig zerrissen.

Plötzlich sind die Blaulichter zu hören vom Rettungswagen und Notarzt.
Die Polizei trifft zuerst ein und fragt den alten Mann, ob er etwas gesehen hat.
"Das tut mir sehr leid, aber mein Hund hat angeschlagen, dass er etwas gerochen hat."
"Ist gut, Sie haben genau das Richtige getan. Wir brauchen nur noch Ihre Personalien, dann können sie wieder gehen."

Der Rettungswagen ist auch eingetroffen und Bernd wird an Ort und Stelle untersucht und dann auf die Trage gelegt.

Jetzt wird Nathalie aufmerksam und schaut herüber und erkennt Bernd.
Sie legt Geld auf dem Tisch und eilt herüber zum Rettungswagen.
"Was ist passiert? Wir waren verabredet! Darf ich mitfahren?"
"Okay, steigen Sie ein. Können Sie Angaben machen zu den Personalien?"
"Sein Name ist Bernd Müller und geboren ist er am 19.Dezember 1935. Wir wollten heute seine Freiheit feiern und Zukunftspläne machen."
"Danke Madam, Sie haben uns sehr geholfen. Es sieht zurzeit schlimmer aus, als die Verletzungen in der Tat sind. Es ist gut, dass Sie da sind, wenn er zu sich kommt. Haben sie eine Ahnung, wer ihm das angetan haben könnte?"
"Nein, absolut nicht."

"Dann müssen wir warten, bis er selber eine Aussage machen kann."

Nathalie muss nun in der Wartezone Platz nehmen und läuft nervös auf und ab.
Die Zeit will einfach nicht weiter gehen, aber dann geht die Tür auf und Bernd kommt auf wackeligen Beinen mit einem Kopfverband zum Vorschein.
Sein Gesicht ist geschwollen und zeigt alle Farben.
Die Augen schauen benommen, aber trotzdem erfreut, als er Nathalie sieht.
"Liebes, bitte bring mich hier weg, am liebsten zu Dir."
"Gut, dann werde ich ein Taxi rufen."
Bernd hängt sich bei Nathalie ein und sie fahren zu ihrer Wohnung.

"Bitte ruf meinen Boss an, dass ich morgen die Tour nicht fahren kann."
Nathalie wählt die Nummer und zieht ihren Ohrring aus, bevor sie den Hörer ans Ohr hält.

"Herr Stauberich, hier spricht Nathalie Wegner. Ich rufe im Auftrag von Ihrem Angestellten Bernd Müller an. Er hatte einen Unfall und kann seinen Dienst morgen nicht antreten."
"Was? Sagen sie das noch einmal?"
"Haben Sie mich nicht verstanden? Herr Müller kann morgen nicht zur Arbeit kommen, weil er einen Unfall hatte."
"Na gut, danke für die Mitteilung und richten Sie ihm gute Besserung aus."
Bernd ist inzwischen auf dem Sofa eingeschlafen und Nathalie holt eine Decke um Bernd zuzudecken.
Mit einem gequältem Lächeln sieht sie zu ihm nieder und

muss feststellen, dass Bernd in den letzten Monaten sehr gealtert ist.

Die Gefühle haben sich geändert und Nathalie fragt sich, ob es noch Sinn macht, an vergangenem fest zu halten. Ihre Gefühle basierten mehr auf Mitleid, was sie sich ehrlich eingestehen musste, aber sie wollte nicht vorschnell eine EntscheiDung treffen.

Plötzlich fragt sie sich, weshalb Bernd so zugerichtet worden war?

Bernd dreht sich unruhig hin und her, schlägt um sich und schreit:

"Nein, bitte nicht. Ich bekenne mich schuldig und trage die Verantwortung."

Durch sein herumgefuchtel hat er das Glas vom Tisch herunter geschlagen, was ihn gleich zum Aufwachen brachte.

"Stubbeschen, hast Du eine Tablette für mich? Oh, das tut mir aber Leid mit dem Glas, ich hatte einen Albtraum."

Bei Nathalie klingeln jetzt alle Alarmglocken, was sie so eben zu hören bekam.

"Bernd, bitte beantworte mir eine Frage, aber ehrlich. Warum bist Du so verprügelt worden?"

Nathalie wartet auf eine Antwort, während Bernd herum druckst und nach einer passenden Antwort sucht.

"Also, ich warte, das dürfte doch nicht so schwer sein oder?"

"Doch Stubbes, es fällt mir sehr schwer, weil es unsere Beziehung trüben könnte."

"Jetzt aber heraus mit der Sprache, sonst werde ich jetzt schon böse."

"Okay, dann sollst Du die Wahrheit erfahren. Seit gestern weiß ich, dass ich Vater werde Durch einen Brief vom Jugendamt."

"Heißt das, dass Deine Anneliese ein Kind bekommt?"
"Nein, nicht Anneliese sondern Gudrun, ein junges Mädchen von 17 Jahren."
"Das glaube ich jetzt nicht. Wie viel Frauen brauchst Du am Tag?"
"Es tut mir Leid und ich sehe ein, dass unter diesen Umständen eine feste BinDung mit uns unmöglich geworden ist. Bitte verspreche mir, dass wir wenigstens noch Kumpel bleiben können, ja?"
Nathalie ist nun sichtlich erleichtert und stimmt diesem Vorschlag sofort zu.

*

Bernd tritt mürrisch seinen Dienst an und fühlt sich so richtig verlassen und alleine. Der Zahn der Zeit nagt auch an ihm und die Angst, nicht mehr für die Damenwelt attraktiv genug zu sein.
Da steigt plötzlich Gudrun hochschwanger in den Bus und setzt sich hinter Bernd.
"De de de dass mi mi mit mein mein meinem Va va vater tut mimimir so Leid. Wi wi wirst Du deinem Ki kn kind ei ei ein gu gu guter Vater sein?"
Bernd dreht sich nach hinten und findet das Mädel trotz dickem Bauch noch liebenswert. Sie hat immer noch die süßen Spitzmausäugelchen und das Herzgesicht.
"Ja, ich werde zu Euch stehen. Bitte sag das Deinem Vater, dem Schläger. Wann ist es denn soweit?"
"Noch via via vier Wochen. Es wi wi wird ein Ju ju junge."
An der nächsten Station steigt Gudrun aus, weil sie zu ihrem Gynäkologen muss.
Bernd ist hin und her gerissen, weiß aber nicht was er machen soll.
Die Kleine findet er immer noch begehrenswert, aber Ottokar Oskar als Schwiegervater? Nein danke, dann lieber auswandern.

Nach Dienstschluss liest er genüsslich die Tageszeitung und studiert diverse Annoncen und trifft eine EntscheiDung.
Spontan springt er auf und packt sein weniges Hab und Gut in einen großen Koffer.
Als die Nacht herein gebrochen ist, begibt sich Bernd zu seinem Audi und fährt los, wohin ihn sein Auto bringt.
Die Strassen sind wie leer gefegt und laden dazu ein, das Gaspedal richtig Durch zu treten, was das Auto an Geschwindigkeit her gibt.

Irgendwann übermannt ihn die Müdigkeit und Bernd fährt die nächste Raststätte an, um sich schlafen zu legen.
Durch lautes Klopfen an der Seitenscheibe wird er abrupt aus dem Schlaf gerissen.
Ein arabischer Scheich hat eine Panne und fuchtelt mit den Armen herum.
Bernd ist noch ganz benommen, bis er überhaupt versteht, was der Scheich von ihm will.
Jetzt dreht er sich um und schaut in die Richtung, wo der Scheich hin zeigt.
Eine Staatskarosse liegt im Graben und der Chauffeur liegt bewusstlos über dem Steuerrad.
Bernd steigt aus und sieht sich das Ganze aus der Nähe an, während der Scheich ihn wieder zurück zu seinem Audi schiebt und zu verstehen gibt, dass Bernd ihn mit nehmen soll.
"Du mich bringen zur nächsten Telefonzelle, ich muss telefonieren."
Ehe Bernd noch etwas sagen kann, hat der Scheich sich schon auf dem Beifahrersitz gesetzt und gibt Durch Handbewegung zu verstehen, dass Bernd endlich Gas geben soll.
Während der Fahrt schaut der Kameltreiber Bernd

neugierig an und fragt:

"Wo Du hin fahren?"

"Ich wollte Urlaub machen."

"Weißt Du was? Komm mit in meiner Heimat. Wir brauchen Männer wie Dich. Du bist stark und ein guter Mann und ich bin Dir etwas schuldig."

Bernd überlegt kurz und dann willigt er ein.

"Das gefällt mir, Männer die wissen was sie wollen und eine schnelle EntscheiDung treffen. Ich gebe Dir mein Haus zur Verfügung und Du kannst Dich wie zu Hause fühlen.

Morgen bin ich wieder auf Reisen diplomatischer Art. Also lebe Dich ein

und denke über einen Job nach, den Du bei uns machen möchtest."

An einer Telefonzelle angekommen steigt der Scheich aus und eilt in das Glashäuschen.

Bernd schaut herüber und sieht, wie der Araber mit Händen und Füßen diskutiert.

Nach ca. 10 Minuten kommt er hastig wieder und befiehlt Bernd, sofort zum Flughafen zu fahren.

"Hm und wie geht es weiter Herr Scheich?"

"Sorry, ich habe mich noch nicht mit Namen vorgestellt. Mein Name ist AbDulla Said Hassan Sulaiman.

Also hör mir gut zu, wir fliegen heute Nacht noch nach Arabien und Dein Auto wird nach geschickt. Wir müssen uns beeilen, weil der Flieger in einer halben Stunde abhebt."

Bernd tritt das Gaspedal Durch und der Audi bringt knapp 180kmh auf dem Tacho.

In einer Viertelstunde treffen sie am Flugplatz ein und die Flugtickets sind schon hinterlegt.

Bernd hat große Mühe mit seinen kurzen Dackelbeinen Schritt mit dem AbDulla zu halten.

Durch die Sicherheitsschleuse geht es in den Flieger in die Erste Klasse Abteilung.

Die Stewardess bringt gleich heißen Pfefferminztee in einer Messingkanne.

Bernd schaut enttäuscht auf die kleinen Teegläser, aber er sagt nichts.

Mit Alkohol ist nichts mehr drin und von nun an heißt es nur noch alkoholfreie Getränke für die Zukunft. Das gefällt ihm aber gar nicht und er wird sich darin nicht fügen, was bedeutet heimlich seinen Slibowitz zu trinken.

AbDulla beobachtet Bernd mit Argusaugen und fragt: "Woran denkst Du?"

"Ach, nicht so wichtig", antwortet Bernd mit einer wegwerfenden Handbewegung.

"Deutscher Mann, hör mir gut zu, wenn Du in den arabischen Emiraten bist, musst Du strenge Regeln beachten. Du darfst keine Frau ansehen, sonst beleidigst Du sie. Der große Sultan Ali Bai Rekines vertritt immer noch die alten Bräuche von Bestrafung und die sind sehr unangenehm."

Bernds Dackelaugen zucken zusammen, aber er lässt sich da schon etwas einfallen.

Er schließt die Augen und will etwas ausruhen, bevor sie landen.

AbDulla hat sich auch zurückgelegt und schnarcht nach wenigen Minuten.

Abrupt wird Bernd wach, als das Flugzeug Durch ein Luftloch kurz abfällt.

Draußen wird es schon langsam hell und er sieht weiße Häuser, eher Paläste.

AbDulla schnarcht immer noch laut vor sich her, als die Ansage über den Lautsprecher schallt:

"Bitte schnallen Sie sich an, wir landen in wenigen

Minuten."

AbDulla klärt Bernd auf, dass sie sich in der weißen Stadt befinden, die unter dem Regime vom Sultan steht.

Das Flugzeug setzt zum Landen an und eine Limousine steht schon bereit.

Für Bernd ist alles neu und er muss sich erst vorsichtig vortasten, ohne gleich im Kerker zu landen. Die Tür wird geöffnet und die Stewardess steht seitlich, um die Fluggäste zu verabschieden.

Der Chauffeur steht schon vor der Luxuskarosse und wartet auf seinen Gebieter.

Als er ihn erblickt verneigt er sich demütig und begrüßt ihn dementsprechend.

Dann öffnet er die Autotür und AbDulla steigt ein, während Bernd unsicher vor dem Wagen steht.

"Komm zu mir, ich werde Dich mit allem bekannt machen."

Bernd fühlt sich irgendwie nicht so ganz wohl und ihm wird bewusst, was für ein kleines Licht er eigentlich ist.

Zurück kann er nicht mehr, aber er hat sich ja sein Leben selber ausgesucht.

Die Limousine hält und der Chauffeur öffnet die Türen des Wagens.

AbDulla steigt als erster aus und Bernd folgt ihm auf den Schritt mit gesenktem Blick.

Bedienstete stehen am Eingang Spalier und verbeugen sich ehrfürchtig.

"Hier ist mein Reich, deutscher Mann und Du findest dein Reich im südlichen Trakt. Meine Diener werden Dir jeden Wunsch erfüllen und für Dein leibliches Wohl sorgen."

Vorsichtig schaut Bernd sich um und sieht nur männliche Diener, die einen Sklavenring am Oberarm tragen.

Ziemlich der Situation ausgeliefert begibt er sich in sein Reich und stellt seinen Koffer auf den Marmorboden.

Er legt sich auf das große Bett, wo getrost drei Personen

Platz hätten.

Nach dem er sich einigermaßen gefasst hat, schaut er aus dem Fenster.

Da steht AbDulla hinter ihm und erklärt, dass auf der Anhöhe der Sultan in seinen Palast lebt.

Bernd fragt nach den eigenartigen Männern, die so gar nichts männliches an sich hatten.

AbDulla lacht herzhaft und sagt:

"Das sind die Haremswächter, sehr harmlos. Sie sind von Geburt an weder Mann noch Frau, Du verstehst?"

Bernd grinst breit und hat plötzlich eine Idee, welchen Job er machen möchte.

"So mein Freund, ich lasse Dich jetzt alleine und ich zieh mich zurück. Morgen sehr früh muss ich meinen diplomatischen Verpflichtungen nachgehen. Du kannst kommen und gehen, wie und wann Du willst."

Der Scheich hat den südlichen Trakt verlassen und Bernd geht wieder zum Fenster, um die Eunuchen näher zu betrachten. Durch Zufall entdeckt er ein Fernglas, schaut Durch, und es nimmt ihm den Atem.

Auf der Terrasse befindet sich eine Traube von Schönheiten, umhüllt von Tüll und Seide.

Bernd wird ganz unruhig und fängt an zu sabbern vor sexuellen Appetit.

Wie soll er es anstellen unbemerkt in den Harem zu gelangen?

Als die Dämmerung eingetreten ist, überlegt er, ob er sich nicht als Frau einschleusen kann. Die Diener nähen ihm bestimmt ein passendes Gewand.

Er müsste sich von seinem Bart trennen und seiner starken Körperbehaarung. Zumindest muss er erst einmal eine Nacht darüber schlafen, bevor er sich ans Werk macht.

Als Bernd erwacht, ist er zunächst irritiert und weiß nicht wo er sich befindet.

Genüsslich reibt er sich seine Dackelaugen und sortiert seine Gedanken.

Nun ist er richtig wach und will unter die Dusche springen, als ein Diener das Frühstück bringt.

Es ist ein Tisch auf Rädern mit weißer Tischdecke darauf und sehr üppig gedeckt mit viel Obst.

Der Diener rollt den Tisch ans Bett, verneigt sich und verlässt den Raum.

"Hallo Diener, können Sie mich verstehen?"

Der Diener dreht sich um und zuckt mit den Schultern, sagt ganz scheu: "Nix verstehen."

"So ein Scheibenkleister," flucht Bernd vor sich hin, aber er gibt nicht auf.

Nach der Morgentoilette wird er Durch den Basar gehen, wo er ganz sicher ein schönes Kleid finden wird.

AbDulla hat etwas Geld da gelassen, damit Bernd flüssig ist.

Bernd stopft alles in sich herein und schmatzt laut dabei, was in Arabien ein Muss ist.

Nachdem er fertig ist, erhebt er seine müden Glieder und begibt sich mit einem lang gezogenen Rülpser ins Bad.

Er lässt sich heißes Wasser ein und bedient sich der vielen Badesalze, das es nur so zischt.

Als er im Adamskostüm in die Wanne steigt, trauert er jetzt schon seiner vielen Behaarung nach.

Zuerst genießt er das wohl Duftende Badewasser und schläft eine Runde, bis es ihm kalt wird.

Zähne klappernd erhebt er sich aus dem kühlen Nass und beginnt sich zu rasieren, von den Beinen bis zum Bart.

Mit kahler Brust friert er noch mehr und hüllt sich ganz schnell in ein weißes Badehandtuch ein.

Er zieht den Stöpsel und erschreckt, weil der Abfluss total

verstopft ist.

"Auch das noch, der AbDulla reißt mir den Kopf ab,"
spricht Bernd zu sich selbst. Der Blick in den Spiegel lässt
ihn ganz verzweifeln, als er sich ohne Behaarung sieht.
Sein Blick ist kritisch, als er sich von allen Seiten
betrachtet.

Er steigt in die KleiDung, nimmt das abgezählte Geld und
verlässt den Palast.

Neugierig erkundet er die Gegend und sieht von weitem
schon den Basar.

Der Weg ist holperig und uneben, so ganz anders als in
seiner Heimat.

Etwas Wehmut kommt in ihm hoch, wenn er an zuhause
denkt, aber dorthin kann er nicht mehr zurück.

Nach einer guten halben Stunde hat Bernd den Basar
erreicht, wo ihn das Handeln an den Bonner Markt
erinnert.

Ein paar Stände weiter findet er wonach er sucht und
schaut sich die schönen Gewänder an.

Der Händler trägt ein weißes langes Nachthemd und
einen rote Kopfbedeckung. Er schaut etwas verwundert,
dass Bernd mit leuchtenden Augen auf die Saris stiert.

"Was kostet das Kleid?"

"Mein Herr für Sie ein Sonderpreis. 100 Piaster."

Bernd zeigt seine Scheine und muss leider fest stellen,
dass sein ganzes Geld für dieses Kleid drauf geht, aber
das ist ihm egal, wenn er damit sein Ziel erreicht.

Als er wieder zurückkommt, ist AbDulla schon da.

"Na mein Freund, hast Du einen Bummel gemacht und
schön eingekauft?"

"Oh ja, ehrfürchtiger AbDulla, vielen Dank für das Geld."

"AbDulla schaut Bernd ernst an und sagt dann:

"Das Geld ist kein Geschenk, nur ein Darlehen. Wir
hatten in Deiner Heimat schon darüber gesprochen, dass

Du hier arbeiten musst wie jeder hier.

Hast Du Dich schon entschieden, was Du arbeiten wirst?"

Bei Bernd fällt die Kinnlade herunter und Enttäuschung ist in seinen Dackelaugen zu lesen.

"Wir suchen einen Baumeister, der die Arbeiter beaufsichtigt und Verantwortung trägt, dass alles richtig gemacht wird.

Ich verlange, dass Du noch weiter arbeitest, wenn die Arbeiter Feierabend haben. Wenn Du nicht willst, dann muss ich Dich wieder in Deine Heimat schicken. Also, wie lautet Deine Antwort?"

Zähneknirschend stimmt Bernd widerwillig zu, aber er verfolgt seinen eigenen Plan.

"Morgen um 5:00 Uhr beginnt Dein Tag und meine Diener werden Dich wecken. Wir sehen uns, also bis morgen."

AbDulla verlässt den Raum und zieht sich in seinen Palast zurück.

Bernd steht mit herunter hängenden Armen da und es passt ihn gar nicht, unter der Knute zu stehen.

Aus diesem Grund muss er schnell handeln und einen günstigen Augenblick abwarten.

In der folgenden Nacht schläft er sehr unruhig und wird Durch Albträume wach.

Irgendwann war er wieder eingeschlafen, als der Diener ihn mit einen lauten Gong weckt.

Vor Schreck sitzt er aufrecht im Bett und reibt sich die Augen.

"Ihr müsst jetzt aufstehen, das Frühstück steht schon bereit."

Der Diener verschwindet wie er gekommen war und Bernd schaut ihm müde schielend nach.

Mit einem Schwung steht er auf und macht schnell Katzenwäsche.

Hastig schlürft er den heißen Kaffee und beißt in alles herein, was auf dem Tisch steht.

AbDulla wartete schon vor dem Portal und begrüßt Bernd freundlich.
"Guten Morgen, dann wollen wir uns auf dem Weg machen."
Mit herunter hängendem Gesicht folgt Bernd seinen Meister in sein neues Aufgabengebiet.
Der Weg führt über unebene Wege und Steingeröll bis hoch auf dem Berg.
Nach einem Fußweg von 30 Minuten ist die Baustelle erreicht und AbDulla stellt den Arbeitern ihren neuen Vorarbeiter vor.
Bernd versteht nur Bahnhof, weil AbDulla mit seinen Leuten arabisch spricht.
Darauf hin schauen die Arbeiter ganz eigenartig zu Bernd herüber.
AbDulla wendet sich noch einmal Bernd zu und erinnert ihn an das, was er ihm am Abend gesagt hat und lässt ihn stehen.
Er schaut sich den Rohbau an, der ein Palast werden soll. Er fühlt sich so ziemlich fehl am Platz und weiß nicht was er tun soll.
Gelangweilt sitzt er im Schneidersitz auf dem Boden und schaut gelangweilt Durch die Gegend, dass die Arbeiter schon darauf aufmerksam werden.
Sie diskutieren auf Arabisch und zeigen wütend zu Bernd herüber.
Einer von ihnen kommt nun herüber und zerrt an Bernds Oberarm und will ihn zum Aufstehen bewegen.
"Du arbeiten und nicht Boden sitzen und Luft gucken. Hier kontrollieren und nacharbeiten. Komm, komm sonst ich muss MelDung machen beim ehrfürchtigen Herren."
Bernd hat das Gezerre satt, springt mit einem Satz auf seine Füße und sagt:
"Ihr könnt mich alle Mal, Adieu!"

Bernd flieht talwärts hinter eine Ruine und holt den Sari hervor, den er unter seinem Hemd die ganze Zeit getragen hat.

Mit viel Mühe schafft er es sich anzukleiden und hat auch eine Perücke parat, bevor er sein Gesicht mit dem Schleier verhüllt.

Jetzt heißt es warten, bis die Eunuchen wieder vor dem Palast ihren Rundgang machen, damit Bernd sich einschleusen kann.

Bis dahin darf er sein Versteck nicht verlassen und er hofft, nicht von AbDulla gefunden zu werden.

Eigentlich könnte er sich als Frau verkleidet gut bewegen, aber in einem schattigen Verschlag übermannt ihn der Schlaf.

Die Dämmerung hat eingesetzt und Bernd wird unsanft geweckt Durch den Aufruf zum Gebet der Muslime.

Das ist der Augenblick wo er sich in den Harem einschleusen kann und er macht sich auf dem Weg.

Als er den Palast des Sultans erreicht hat, wird er von einem Eunuchen entdeckt, der ihn unsanft zu den anderen Haremsdamen schubst.

"Wenn Du noch einmal versuchst zu fliehen, dann sage ich das dem ehrfürchtigen Sultan und das bedeutet die Folter. Versuch es nicht noch einmal. Wie heißt Du und zu welchen Harem gehörst Du?"

Bernd verstellt seine Stimme und antwortet mit piepsiger Frauenstimme

"Ich bin Layla aus dem dritten Harem."

Der Eunuch war anscheinend zufrieden und hat die Geschichte abgenommen.

Bernd fällt ein Stein vom Herzen und orientiert sich, wo sich der dritte Harem befindet.

Da kommen die schönen Damen schon angelaufen und

haben den neuen Eindringling entdeckt.

"Wie heißt Du? Du bist neu hier, nicht wahr?"

"Ich bin Layla und man hat mich für den dritten Harem aus ersehen, weil ich nicht so schön bin wie Ihr."

Nun haben die Schönen Bernd eingekreist und betrachten ihn ganz genau.

Beschämt senkt er seinen Blick, verneigt sich und zieht sich zurück.

Jasmin berührt Bernd und sagt:

"Du musst keine Angst haben, denn der Sultan kommt so gut wie nie in den dritten Harem. Hast Du einen Makel, weshalb Du Dich so verhüllst?"

"Ja, einen großen Makel und deshalb hat man mich verstoßen. Bitte schau mich nicht so an, sonst leide ich noch mehr unter meinen Makel."

"Du darfst Dich nicht so grämen, wir werden uns um Dich kümmern, damit Du wieder glücklich wirst."

Jasmin streichelt ihn über seinen Kopf und versucht ihn in die Augen zu sehen, aber da rufen die Eunuchen den Harem zusammen, dass sie sich in ihre jeweiligen Abteilungen begeben sollen.

"Komm Layla, ich gehöre mittlerweile auch dem dritten Harem an. Der Sultan mag nur ganz junge schöne Frauen um die 20 Jahre, aber ich bin schon 39 Jahre, nicht mehr interessant, aber die Freiheit gibt es nicht. Alle bleiben dem Sultan sein Eigentum bis zum Tod."

Jasmin lächelt gequält und zeigt nun Bernd das neue Domizil.

Bernd bekommt ein kleines Zimmerchen, wo er sich unsicher umschaut.

"Jetzt kannst Du Deinen Schleier herunter nehmen," sagt Jasmin freundlich, worauf Bernd heftig den Kopf schüttelt.

"Ich lasse Dich dann erst einmal alleine, damit Du Dich sammeln kannst und schau später noch einmal nach Dir."

Bernd gerät in Panik und möchte fliehen, aber das ist nun unmöglich geworden.

Zusammen gekauert sitzt er in der Ecke und überlegt was er noch machen kann und ob er sein Geheimnis lüften soll.

Kann er Jasmin überhaupt trauen, dass sie ihn nicht an den Sultan verraten würde.

Tausend Gedanken schießen ihn Durch den Kopf und er kommt zu keinem Ergebnis. Wohlmöglich sucht ihn AbDulla auch schon.

"Wie geht es Dir, Layla? Hast Du Dich inzwischen gefasst?"

Bernd nimmt den Schleier herunter und schaut der schönen Jasmin tief in die Augen.

"Was siehst Du?"

"Ich sehe eine Frau, die nicht mehr ganz jung ist, aber gütige Augen hat."

Bernd flüstert ganz leise:

"Ich bin keine Dame."

"Wer oder was bist Du denn?," fragt Jasmin verunsichert.

"Ich bin ein Mann und in diesem Gewand konnte ich fliehen vor AbDulla. Bitte verrat mich nicht. Um Dich nicht in Schwierigkeiten zu bringen, werde ich offiziell Layla sein, aber in der Nacht werde ich Dich begehren."

Jasmin errötet unter den gesprochenen Wörtern und sie fühlt wieder etwas, was sie schon lange Jahre nicht mehr gefühlt hat.

"Dein Geheimnis ist gut bei mir aufgehoben, also hab keine Angst. Sollte es heraus kommen, dann bedeutet das für uns die Folter und den Tod."

Bernd zuckt unter diesen Worten zusammen, aber dann muss er an die schönen Dinge denken, die ihn erwarten, solange es nicht heraus kommt.

Jasmin verspricht zu ihm zu kommen, sobald alle Frauen in ihren Gemächern sind.

Um Mitternacht kommt Jasmin auf leisen Sohlen in das Gemach von Bernd, der schon sehnsüchtig wartet. Wie zwei ausgehungerte Tiere fallen sie übereinander her, dass der Eunuch schon darauf aufmerksam wird, der Wache schieben muss.
Er klopft an die Tür und fragt, was los ist.
Jasmin erschrickt so sehr, dass sie und Bernd nicht mehr voneinander los können und Bernd sozusagen fest steckt. Er hält Jasmin den Mund zu, damit der Eunuch endlich vor der Tür verschwindet.
"So etwas habe ich auch noch nicht erlebt in meiner Praxis."

Plötzlich wird die Tür auf gerissen und der Abgesandte des Sultans steht im Türrahmen mit seinen Soldaten.
Der Blick von Osman ist finster und er schnippt nur mit dem Finger.
Die Soldaten wollen Bernd hoch reißen, aber das geht nur zusammen mit Jasmin.
Osman wirft eine Decke über die Verworfenen und gibt Anweisung, beide in den Kerker zu werfen, wo sie erst einmal ausgepeitscht werden sollen.

Im Kerker angekommen werden sie mit kaltem Wasser abgespritzt, so dass sie entsetzlich schreien.
Bernd ist wieder befreit und wird an einen Eisenring gefesselt mit den Armen nach oben.
Das Gleiche geschieht auch mit Jasmin, die große Angst hat und um Gnade winselt.
Nun erscheint der Folterknecht und er hat von Osman die Order, beiden 50 Peitschenhiebe zu verpassen.

Die Schreie dröhnen Durch den Palast, dass die
Eunuchen die Köpfe schütteln.
Jasmin wird fort gebracht und Bernd weiß nicht, wohin
man sie bringt.
Er macht sich große Vorwürfe und hat es endlich satt,
dass sein kleiner Mann ihn total beherrscht.
Um seinen Kopf zu retten und den Sultan gnädig zu
stimmen, bittet er um seine Kastration.
Als Osman davon erfährt, stimmt er gleich zu und
verspricht sogar, dass Bernd dann die Chance hätte
Haremswächter werden zu können.

Der Sultan ist tatsächlich milde gestimmt und hat Hoch-
achtung vor Bernd.
Darauf hin lässt er den Palastarzt holen, der gleich zur
Tat schreiten soll.
Die Wächter bringen Bernd in einen sterilen Raum, der
als Praxis dient und legen ihn auf die Liege, wo er gleich
gefesselt wird an Beinen und Händen.
Mit Angstschweiß auf der Stirn sieht sich Bernd ängstlich
um und zerrt an den Gurten.
Da wird die Tür aufgerissen und ein vermummter Scheich
tritt ein.
Er zieht eine Spritze auf und injiziert sie Bernd in die
Armbeuge, worauf Bernd in Narkose versetzt wird.
Der Eingriff dauert eine halbe Stunde und im Anschluss
kommt Bernd auf der Krankenstation, bis alles verheilt ist
und keine EntzünDungen auf treten.
Als er aus der Narkose erwacht, hängt er noch an den
Infusionen.
Doktor Sinueh steht am Fußende und sagt:
"Die Operation ist gut verlaufen, keine Komplikationen.
Morgen Verbandwechsel und in 10 Tagen werden wir
Dich entlassen.

"Wo soll er hin", fragt er sich und überlegt, wovon er existieren soll.

Er muss räuspern und erschreckt über seine neue Stimme, die um ein paar Oktaven höher geworden ist. Aus der Bass-Stimme ist eine Sopranstimme geworden. Diesen Schock muss er erst einmal verkraften, aber da fallen ihm wieder die Augen zu, weil die Narkose noch nachwirkt.

*

Herbert Maiskorn ist in die Lüneburger Heide gefahren, um dort einen Familienbesuch zu machen.

Die Wiedersehensfreude ist auf beiden Seiten groß und die Eltern haben reichlich aufgetischt.

Nach dem Essen ist spazieren gehen angesagt und Herbert fällt die Villa ins Auge.

"Wer wohnt denn da? Das Haus hat hier früher nicht gestanden."

"Mein Junge, Du hast Recht. Da wohnt eine junge Frau, die zu niemand Kontakt pflegt. Sie hat nur ein Hobby, einen alten Bus, den sie hegt und pflegt."

Bei Herbert läuten alle Alarmglocken und seine Neugierde ist geweckt.

"Das will ich mir mal näher ansehen."

"Lass es sein, da kommst Du nicht näher heran. Ein gefährlicher abgerichteter Hund bewacht das Grundstück, was einer Festung gleich kommt."

"Habt ihr ein Fernglas?"

"Ja. Vaters Fernglas steht im Schrank, aber damit bekommst Du auch nicht viel zu sehen. Weshalb interessierst Du Dich so für die Frau ?"

"Mama, nicht die Frau interessiert mich, sondern der alte Bus, von dem Du gesprochen hattest."

"Ach so, der alte Bus. Er ist unten rot und oben creme farbig und an der Seite befindet sich die Reklame von irgend einem Schnaps."

"Ich habe gewusst, dass ich den Bus von unserem Boss wieder finde."

"Du meinst der Bus ist gestohlen?"

"Und ob, aber wie hat die Frau das geschafft, Direkt vor dem Haus von meinen Kollegen den Bus zu klauen?"

"Zerbrich Dir nicht den Kopf darüber über das warum und wie, Du kannst es nicht mehr ändern. Vergiss es einfach, sonst bekommst Du große Schwierigkeiten."

Herbert gibt seinen Eltern gegenüber erst einmal klein bei, aber auf der Rückfahrt wird er das Grundstück unter die Lupe nehmen.

Nach 10 Tagen muss Herbert wieder nach Hause, weil der Urlaub vorüber ist. Sein Boss braucht ihn dringend, weil Bernd ausgefallen ist.

Mutter Maiskorn hat für Herbert ein schönes Lunchpaket geschnürt, damit er unterwegs nicht verhungert.

"Junge, fahr vorsichtig und grüße mir mein Enkelkind und Deine Frau."

Herbert ist schon genervt über soviel Fürsorge und kann gar nicht schnell genug weg kommen.

Er gibt Gas und hupt noch einmal kurz, während Mutter Maiskorn mit einem Taschentuch hinterher winkt.

Herbert dreht ein paar Runden Durch den Ort und parkt schließlich in einer Seitenstrasse, wo er einen guten Blick auf das Grundstück hat.

Er beschließt sich noch ein wenig die Füße zu vertreten und spaziert gemütlich zum Grundstück hin.

Der Hund hat die Größe von einem Kalb und fletscht gleich die Zähne, als er Herbert bemerkt. Er hat blut-unterlaufene Augen und verzehrt am Tag bestimmt 10kg

Fleisch.

Plötzlich hört er Motorengeräusche, die ihm sehr vertraut sind und der Dieselgeruch kommt aus einem Abhang.

Er bleibt in sicherer Entfernung stehen und will abwarten, was weiter passiert.

Der Motor wird wieder abgeschaltet und wenig später erscheint Jane, die den Eingang zu der unterirdischen Garage wieder verschließt.

Sie bemerkt gleich, dass ihr Wachhund unruhig ist und knurrt.

"Was hast Du denn Waldemar? Schleicht sich irgendjemand hier herum?"

Der Hund schlägt sofort an und Jane streichelt ihm über sein Fell und sagt:

"Guter Hund, pass gut auf."

Sie schaut sich kurz um und geht ins Haus, worauf sie gleich telefoniert, was Herbert gut beobachten kann.

Nichts weiter passiert. So entschließt Herbert nach Hause zu fahren und seinem Boss einen Hinweis geben.

*

Bernd ist nach dem operativen Eingriff wieder genesen und Osman fragt ihn erneut, ob er nicht doch noch Haremswächter werden möchte.

"Nein, das möchte ich jetzt nicht mehr, ich werde wieder zurück in meine Heimat gehen, sobald ich genug Geld verdient habe."

Osman schaut enttäuscht und sagt dann:

"Es ist Deine freie EntscheiDung, aber den Eingriff hättest Du Dir sparen können."

"Nein, ist schon besser so. Morgen werde ich gehen und das alles hier hinter mir lassen."

"Wenn Du dieses Haus verlassen hast, dann darfst Du Dich hier nicht mehr sehen lassen."

"Das werde ich auch nicht, Osman Verradschi."
"Dann haben wir uns verstanden, ich wünsche Dir alles Gute für Deine Heimreise."

Als Bernd sich am anderen Morgen für die Entlassung fertig macht, gibt ihm der Doc noch Anweisungen, dass er keine schweren Arbeiten machen soll.
Bernd läuft nun ziemlich verloren Durch die steinigen Gassen und sieht sich nach einem Job um.
Nachdem er aus der weißen Stadt eine Stunde Fußweg entfernt angekommen ist, sehen die Häuser bescheidener aus.
Am Ende der Gasse befindet sich ein Schild an der Gasthoftür in russischer Schrift.
Bernd öffnet die schwere Holztür und schaut sich im Gasthof um, als aus der Küche ein schwergewichtiger Russe zum Vorschein kommt.
"Fremder Mann, was führt Dich zu mir?"
"Ich suche Arbeit und mir geht es nicht gerade gut."
Bernd schwankt und bricht zusammen. Der Wirt ist sehr betroffen und hilft Bernd wieder auf die Beine. Viele Gedanken gehen ihm Durch den Kopf, was mit dem fremden Mann passiert ist.
"Hallo Fremder, Du hast mir einen Schrecken eingejagt. Was ist mit Dir?"
"Guter Mann, ich bin vor zwei Wochen kastriert worden und noch etwas schwach von der OP."
"Weißt Du was fremder Mann, ich verhelfe Dir zu neuer Kraft und dann kannst Du bei mit arbeiten. Mein Name ist Murrmurrkawatschi, ich komme aus Russland und lebe schon 20 Jahre hier. Ich weiß, was gut für mein Freund ist."
Der Russe verschwindet hinter seinen Tresen und schüttet einen doppelten Wodka ein und bringt ihn Bernd, der wie eine Suppennudel auf dem Stuhl hängt.

In Bernds Gesicht ist ein Lächeln zu sehen und er kippt das Glas in einem Zug herunter.

"Hm, hat das gut getan", sagt er anschließend mit einem lang gezogenen Rülpser.

Der Russe kommt erneut mit der Wodkaflasche und schenkt nach.

Jetzt sieht Bernd sich diesen Mann erst richtig an, als er sein Glas wieder füllt.

Murrmurrkawatschi ist ein Riese mit wilder Lockenpracht und strahlenden hellblauen Augen. Seine Hände sind tellergroß und die Oberarme wie die Oberschenkel einer Frau.

"Sag Fremder, wie heißt Du eigentlich?"

" Bernd Müller."

"Guter Name. Also Bernd hör mir gut zu, Du kannst oben über dem Schankraum wohnen, denn da ist noch ein freies Zimmer.

Wenn Du Dich stark genug fühlst, so kann ich Dich in der Küche gebrauchen."

"Ich danke Dir, Du hast mich gerettet und ich werde mich nützlich erweisen."

*

Herbert ist wieder zu Hause angekommen und kann es kaum erwarten, seinen Chef zu sprechen.

Ganz außer Puste wählt er die Rufnummer und Stauberich ist gleich am Apparat.

"Was gibt es?"

"Chef, ich habe den geklauten Bus gesehen."

"Was? Wo ?"

"In der Lüneburger Heide ganz in der Nähe von meinen Eltern."

"Du bist Dir absolut sicher?"

"Ja Chef, absolut."

"Danke für den Tipp, nun werde ich mich persönlich darum kümmern."
Josef Stauberich ist ganz aus dem Häuschen und will gleich am nächsten Tag in der Früh fahren.
Er telefoniert nach einer preiswerten Unterkunft für zwei Tage und findet eine Pension für 35DM pro Tag.

Stauberich fährt in der Früh los, weil er gut vier Stunden Fahrzeit einplanen muss.
Die Wirtsleute von der Pension begrüßen ihn freundlich und zeigen ihm sein Zimmer, welches einfach aber sehr ordentlich wirkt.
Zur Begrüßung findet er eine Schale mit verschiedenen Obstsorten vor.
Das Gepäck stellt er in den Schrank und eilt gleich wieder nach unten.
"Ich habe hier was Dringendes zu erledigen, bin aber am frühen Nachmittag wieder zurück."
"Geht in Ordnung, Herr Stauberich. Hoffentlich haben sie einen angenehmen Aufenthalt hier in Lüneburg."
"Danke, das hoffe ich doch."
Stauberich kann gar nicht schnell genug zu dem Grundstück kommen.
Mit einer Taxe, die gerade bereit steht, fährt er zu dem Anwesen.
Er steigt aus, zahlt ein großzügiges Trinkgeld und macht sich zu Fuß weiter an das Grundstück heran.
Mit einem Fernglas legt er sich auf die Lauer und ist entsetzt über den großen abgerichteten Hund.
Nach einer guten Stunde kommt eine junge attraktive Frau aus dem Haus und verschwindet Richtung Garage.
Kurze Zeit später kommt der Bus zum Vorschein, den die junge Frau selber fährt.
Stauberich fällt die Kinnlade herunter und er keucht heiser:

"Tatsächlich er ist es. Wieso hat die Polizei ihn dort nicht gesucht?"
Nun ist er sich sicher und er läuft zur nächsten Telefonzelle, von der er die Polizei anruft.
"Bitte kommen Sie schnell zum Nachtigallweg 13, da befindet sich mein geklauter Bus."
In fünf Minuten ist der Streifenwagen vor Ort und die Beamten steigen gemächlich aus.
"Haben Sie uns bestellt?"
"Allerdings! Ich erwarte von Ihnen, dass Sie mir Stand der Pläne sofort meinen Bus wieder geben auf der Stelle."
"Guter Mann, können Sie beweisen dass es Ihr Bus ist?"
Stauberich überreicht gleich alle Papiere, die für die Beamten überzeugend sind.
"Hm, die Papiere sind in Ordnung, da werden wir der jungen Dame mal einen Besuch abstatten. Herr Stauberich, Sie warten hier, das ist wohl besser so. Sie können von dort aus alles gut beobachten."
Zähneknirschend willigt er ein und hofft natürlich seinen Bus gleich mitnehmen zu können.
Die Beamten fahren direkt vor dem Grundstück vor und klingeln, worauf der Hund Zähne fletschend bellt.
"Das ist ja ein Ungeheuer von Tier, ein guter Wachposten."
Jane ruft von weitem:
"Was ist denn los, Waldemar? Frauchen kommt gleich."
Man hört die Schritte von Stöckelschuhe mit Pfennigabsätzen, die sich nähern.
"Nanu Polizei? Was kann ich für Sie tun?"
"Frau Wiesinger, wir haben eine Anzeige erhalten, dass Sie einen gestohlenen Bus beherbergen."
"Wie bitte! Das ist doch Wahnsinn, natürlich nicht."
"Dürfen wir uns trotzdem mal umsehen, denn wir müssen der Sache nachgehen, Sie verstehen?"

"Bitte sehr, treten Sie ein und schauen sich um. Wenn Sie fertig sind, finden Sie mich im Haus."

"Danke, Sie sind sehr entgegen kommend. Bitte rufen Sie den Hund weg, damit der uns nicht zerfleischt."

"Komm Waldemar, komm zu Frauchen."

Mit einem Satz kommt Waldemar im Galopp an gelaufen. Die Beamten suchen gründlich das ganze Anwesen mit sämtlichen Schuppen und Ställen ab, ohne Ergebnis, selbst die unterirdische Garage bleibt ohne Ergebnis."

Die Beamten zucken die Schultern und gehen zum Haus, wo Jane sie schon erwartet.

"Meine Herren, haben Sie gefunden wonach Sie gesucht haben?"

"Nein Madam. Fehlanzeige. Bitte entschuldigen Sie die Umstände."

"Nicht der Rede wert, Sie tun nur ihre Pflicht."

Die Beamten ziehen ihre Mütze kurz ab zum Gruß und verlassen das Anwesen.

Jane schickt gleich ihren Waldemar wieder nach draußen, nachdem er 5kg Fleisch gefressen hat.

Etwas resigniert fahren die Beamten wieder zurück zu Stauberich und berichten ihm von der Fehlanzeige.

"Das gibt es nicht, der Bus muss noch dort sein."

Stauberich hat einen hochroten Kopf und steht kurz vor einem Herzinfarkt.

"Es tut uns sehr leid, aber wir haben das ganze Grundstück durchkämmt, leider ohne Erfolg. Wir können hier nichts mehr tun und Sie geben am Besten auch auf, bevor Sie sich strafbar machen."

Für die Beamten ist diese Angelegenheit erledigt und sie steigen wieder in ihren Streifenwagen. Zurück bleibt ein älterer Herr, der die Welt und die Gerechtigkeit nicht mehr versteht.

Kurz entschlossen und voller Wut im Bauch fährt er
wieder nach Hause.

*

Bernd hat die erste Nacht bei Murrmurrkawatschi gut
verbracht und fühlt sich schon viel kräftiger.
Als er im Bad vor dem Spiegel steht, übt er seine neue
Stimmlage, ob wenigstens ein wenig männliche Töne
heraus kommen.
Der Wirt hört im vorbeigehen die Laute und hat plötzlich
eine Idee.
Wie ein Trauerkloß erscheint Bernd im Schankraum und
setzt sich an den gedeckten Tisch.
"Was hast Du mein Freund? Ich habe deine Stimme
gehört, sehr brillant. Du kannst hier bei mir singen, statt in
Küche arbeiten. Heute kommt ein Manager vorbei und
der wird begeistert sein."
Bernd zeigt sich sehr verärgert und sagt:
"Lieber spüle ich Gläser und Teller, als zum Clown zu
werden."
"Na gut, wenn Du nicht singen willst, dann kann man
nichts machen. Ab heute also in der Küche arbeiten."
"Ja Chef, Ihr könnt Euch auf mich verlassen .Ist zwar
nicht mein Ressort, aber ich werde es lernen."
"Heute Abend große Feier, viele Russen werden kommen
und da wird gegessen, getrunken, getanzt und gesungen.
Es wird eine lange Nacht."
Bernd behagt das ganz und gar nicht, aber er muss
unbedingt Geld verdienen.
Am frühen Abend treffen die ersten Gäste ein und der
Wodka fließt in Strömen und die Gläser werden gegen die
Wand geworfen.
In der Ecke sitzen vier Musiker, einer der Akkordeon
spielt, einer der Geige spielt, der andere spielt Mandoline

und der Letzte spielt eine Ukulele.
Sie haben tolle Stimmen und singen von tief bis zu den hohen Tönen.
Bernd schaut verstohlen herüber, während er die Gläser spült.
Die Musik klingt beschwingt aber auch traurig und mit Kalinka fangen sie an zu tanzen.
Die Stimmung ist ausgelassen und heiter und der Wodka macht sich auch bei den meisten bemerkbar.
Bernd wird auch angehalten Wodka zu trinken und mit zu tanzen.
Mit vier Wodka auf ex ist Bernd nun total gelockert und er tanzt mit.
Bis in den Morgenstunden zieht sich die Feier hin und die Russen sind unwahrscheinlich standfest im Trinken.

*

Josef Stauberich ist wieder zu Hause eingetroffen und rennt gleich zum Telefon. Seine Hände zittern vor Zorn, als er die Nummer von Herbert Maiskorn wählt.
Als dieser den Hörer abnimmt, schreit Stauberich ihm gleich ins Ohr:
"Du verdammter Hundesohn machst mich zum Affen. Ich fahre dahin und schicke sogar die Polizei hin, die das ganze Areal durchkämmt und dann Fehlanzeige, kein Bus. Mach das nie wieder mit mir und halt lieber das Maul."
"Chef, der Bus ist da irgendwo, dessen bin ich gewiss. Wir haben es mit einer ganz raffinierten Frau zutun."
"Egal, das Thema ist für mich abgehakt, wir sehen uns morgen pünktlich zum Dienst."

Stauberich wählt die Nummer von Anneliese und hofft etwas von Bernd zu erfahren.

"Hallo Frau Müller, hier ist Stauberich. Gibt es schon etwas Neues von Ihrem Mann?"
"Herr Stauberich, ich habe nichts mehr gehört. Vor Wochen musste ich den Audi vom Flughafen abholen. Seitdem kein Lebenszeichen mehr.
Damit kann ich mich auch nicht mehr auseinander setzen, weil für mich ein neues Leben begonnen hat. Ich heiße auch nicht mehr Müller, sondern Baumann."
"Gratuliere! Das habe ich nicht gewusst, dann wünsche ich Ihnen alles Gute für ihre Zukunft."
Hansi sitzt grinsend auf dem Sofa und sagt:
"Das hat wohl gesessen, der ruft wohl nicht mehr an."
"Schau, irgendwie tut der Mann mir leid, er hat viel einstecken müssen.
Andererseits, was habe ich mit der Sache noch zu tun? Komm Schatz, lass uns von angenehmeren Dingen reden."

Bernd wacht verkatert auf und findet sich hinter dem Tresen vor, wo er sehr unbequem gelegen haben muss. Sein Nacken ist ganz steif und verrenkt. Die anderen Russen liegen kreuz und quer im Schankraum herum. Das Schnarchkonzert ist dementsprechend, aber Bernd versucht das Chaos zu beseitigen.
Als Murrmurrkawatschi aufgewacht ist, schaut er schielend durch die Gegend und lacht herzhaft los. Bernd versteht nicht, weshalb der Boss die Situation lustig findet.
"Bernd, Du guter Mann. Ich bin froh, dass Du da bist."
Da brennt Bernd eine wichtige Frage auf der Seele und er fragt:
"Sag mal Chef, ist Alkohol nicht verboten hier in den arabischen Emiraten?"
"Weißt Du, hier ist schon türkischer Boden und die Araber

haben hier keine Macht mehr."

"Ach so! Ich möchte so gerne wieder Slivovitz trinken."

"Den hast Du redlich verdient, oben im Regal steht die Flasche, die Du ganz leer trinken darfst."

Bernd freut sich wie ein kleines Kind und erschrickt über seine helle Stimme, weshalb er gleich wieder schweigt.

Da macht sich wieder sein Heimweh bemerkbar, aber wo soll er hin?

Er hat es sich bei so vielen Menschen verscherzt, dass er sich in seiner Heimat eigentlich gar nicht mehr blicken lassen darf.

Nun ist er auch kein Mann mehr und sein Leben verpfuscht.

Plötzlich wird er aus seinen Gedanken gerissen, als sein Boss ihm freundschaftlich auf die Schultern klopft.

"Warum so traurig? Ich weiß, Du Heimweh, kann gut verstehen. Weißt Du was, wenn Du nicht mehr aushältst, dann lass ich Dich schon früher gehen und Du brauchst nicht arbeiten, bis die Summe zusammen gekommen ist."

Bernd schaut mit seinen treuen Dackelaugen ungläubig seinen Boss an und fragt:

"Ist das wirklich wahr?"

"Du guter Mann, viele Probleme, ich sehe Du bist traurig, dann ich auch traurig. Wir Russen sind Menschen mit viel Gefühl und deshalb kann ich Dich verstehen."

Bernd ist so froh und bittet in drei Tagen abreisen zu dürfen.

"Ich bin einverstanden mein Freund, werde Dir genug für die Reise mitgeben. Wir machen noch Abschiedsfeier, ok?"

Bernd denkt mit Schrecken an die vielen Russen und das Saufgelage mit Wodka, aber er will seinen Gönner nicht vor dem Kopf stoßen.

Die schlimmsten Befürchtungen bewahrheiten sich und

der Schankraum füllt sich wieder mit den gleichen Leuten. Der Boss kündigt an, dass sein Freund ihn verlassen will und seinen Weg gehen muss. Noch einmal soll sein Abschied so richtig gefeiert werden.

Als nun der letzte Tag gekommen ist wo Bernd abreist, staunt er nicht schlecht, was der Boss ihm alles eingepackt hat für die Reise.
"Damit mein Freund nicht verhungert, hier ein Eimer Kartoffelsalat, 5 Schnitzel, 5 Bratwürste, 5 belegte Brote, 10 gekochte Eier und saure Gurken.
"Wer soll das denn alles essen?"
"Du mein Freund, die Fahrt dauert sehr lange. Hier ist noch Geld für die Bahn und jetzt bringe ich Dich zum Bahnhof."
Bernd steigt in den Jeep und bemerkt aus seinen Augenwinkel, dass Murrmurrkawatschi Tränen in den Augen hat.
"Schade dass Du gehst, aber ich kann Dich nicht halten mein Freund. Du wirst mir sehr fehlen."
"Ich danke Dir für alles und vielleicht sieht man sich irgendwann wieder."
Der Jeep hält vor einem kleinen Gebäude, welches der Bahnhof ist.
Drei Reisende warten auch auf den Zug, der Einzige der am Tag fährt.
Murrmurrkawatschi bringt Bernd mit den ganzen Fressalien auf den Bahnsteig und wartet, bis der Zug eintrifft.
Von weitem hört man schon die Lokomotive, die mit Zischen und Dampfen in den Bahnhof einfährt.
Ein Ohren betäubendes Quietschen, bevor der Zug zum Halten kommt.
Bernd steigt hastig ein und sein Boss reicht ihm alles an.

Er setzt sich gleich ins erste Abteil und schiebt das Fenster herunter.

Murrmurrkawatschi laufen die Tränen herunter und mit einem Kloß im Hals wünscht er Bernd eine gute Reise.

Die Trillerpfeife vom Schaffner ertönt und da setzt sich langsam der Zug in Bewegung.

Bernd winkt noch aus dem Fenster lange nach, bis sein Boss nicht mehr zu sehen ist.

Nun macht er sich es bequem und entdeckt eine alte Zeitung, die jemand vergessen hat.

Er wirft einen Blick herein und stockt, als er ein Foto von seinem Annelieschen sieht als Braut.

"Verdammt, meine schöne Anneliese gehört einem anderen", spricht Bernd zu sich selbst, wobei er immer wieder über seine hohe Stimme erschrickt.

Er hat genug gesehen und legt die Zeitung zur Seite, um ein kleines Nickerchen zu halten.

Durch sein lautes Schnarchen wird er wieder wach und schaut erschrocken um sich herum. Als er sieht dass alles in Ordnung ist, schnarcht er gleich weiter.

Der Schaffner kommt ins Abteil und will den Fahrschein sehen.

Wortlos reicht Bernd sein Ticket dem Schaffner und fragt ihn, wie lange die Fahrt dauern würde.

Da muss er erfahren, dass die Fahrt 48 Stunden dauert, wobei er die Krise kriegt.

Aus Frust öffnet er den Eimer mit dem Kartoffelsalat und löffelt darin herum. Nebenbei beißt er in eines der Schnitzel und schmatzt laut.

Nach zwei Stunden ist der Eimer dreiviertel leer und Bernd zum Platzen satt, wonach er gleich wieder eine Runde schläft.

Durch ein lautes Geräusch wird er aus dem Schlaf gerissen, als ein weiterer Fahrtgast ins Abteil kommt und seinen Koffer auf die Ablage hoch hebt.

Der Fahrgast nickt zum Gruß, setzt sich hin und vergräbt sein Gesicht hinter seiner Zeitung.

Bernd schaut durch den Wind aus dem Fenster und hat absolut keine Ahnung, welche Ortschaft der Zug durchfährt.

Sein Gegenüber trägt eine Armbanduhr, wo Bernd die Zeit abliest, während er seinen Kopf ganz schief hält.

Nach der Uhrzeit zu urteilen hat er vier Stunden geschlafen und der Magen knurrt schon wieder.

Er packt ein weiteres Schnitzel aus und beißt da herzhaft herein und trinkt eine Flasche Bier dabei.

Der Fahrgast ist dermaßen angewidert, dass er prompt aufsteht, seinen Koffer schnappt und das Abteil wieder verlässt.

"Endlich wieder alleine", spricht Bernd mit vollem Mund zu sich selbst.

Nach dem er das Schnitzel in sich herein gestopft hat, löffelt er noch den Rest vom Kartoffelsalat aus dem Eimer.

Nachdem der Eimer leer ist, schiebt er das Fenster auf und wirft den Eimer aus dem Fenster, der unglücklicher- weise in einer Gartenkolonie einem Landwirt im Rücken landet.

Dieser schaut wütend auf den Zug und fuchtelt mit seinen Armen.

Bernd macht sich ganz klein und hofft sehr, dass der Schaffner nichts bemerkt hat.

Die Reise neigt sich so langsam dem Ende zu und Bernd sieht wieder deutsche Städtenamen an den Stationen.

In Lüneburg will er aussteigen und erst einmal bei einem Cousin gastieren.

Er ist schon ganz aufgeregt und sichtlich froh, sich wieder auf deutschem Boden zu befinden.

Seine Abenteuerlust ist wohl bis zu seinem Lebensende gestillt.

Endlich kommt die Durchsage, dass die nächste Station Lüneburg kommt.

Bernd erhebt sich und begibt sich mit seinen wenigen Habseligkeiten zum Ausstieg.

Der Zug kommt quietschend zum Stehen und der Schaffner öffnet die Türen.

Bernd springt mit seinen kurzen Dackelbeinen galant heraus und läuft gleich zum Ausgang. Sein Cousin Martin wohnt gleich zwei Nebenstrassen weiter.

Er klingelt und kurz darauf hört er eine verzerrte Stimme durch die Gegensprechanlage.

"Martin, ich bin's Bernd."

"Mensch Bernd, ich fass es nicht! Komm rauf mein Lieber."

Der Türsummer geht und Bernd läuft gleich nach oben, wo ihn Martin schon erwartet.

"Was führt Dich denn hierher? Wir haben ja lange nichts mehr voneinander gehört. Komm erst einmal herein."

"In der Tat, nun bin ich hier und habe Dir eine lange Geschichte zu erzählen."

Martin schaut ganz verdutzt und fragt:

"Da bin ich gespannt, denn Du warst ja schon früher ein Schlitzohr."

"Bitte setz Dich hin, denn mein Erlebnis wird Dich vom Hocker hauen."

Bernd berichtet ohne Beschönigung von seinen Abenteuern und die Flucht vor der Vaterschaftsklage und die verlorene Männlichkeit.

Dann steht er auf und zeigt auf seinen Schritt, wo nichts mehr ist, alles flach.

"Sag mal lieber Cousin, was Du als nächstes vorhast."

Bernd druckst etwas herum und sagt dann schließlich:

"Ich hatte gehofft eine Weile bei Dir bleiben zu können, bis ich wieder eine Existenz aufgebaut habe."

"Da muss ich mit meiner Frau sprechen und fragen, ob sie damit einverstanden ist. Heute bleibst Du erst einmal hier und dann sehen wir weiter."

Der Schlüssel wird gerade in der Wohnungstür herum gedreht und Annette kommt von der Arbeit nach Hause.
"Oh wir haben Besuch, guten Tag."
Bernd reicht seine Hand und stellt sich vor, kann seine Augen nicht von Annette lassen.
"Sehr angenehm."
Martin gefällt das gar nicht und sieht in seinem Cousin einen Rivalen.
Annette findet ihn sympathisch und bittet ihn gleich zu bleiben.
Bernd grinst breit, bist ihm bewusst wird, dass er kein Mann mehr ist und wie auf Knopfdruck wieder ernst wird.
"Was hat er plötzlich", fragt Annette ihren angetrauten Gatten.
"Weißt Du Schatz, Bernds Problem liegt sehr tief und das hat ihn doch sehr verbittert."
"Dann musst Du ihn aufmuntern und wieder neuen Mut zusprechen."
Annette geht in die Küche und kümmert sich um das Essen.
"Martin, Deine Frau ist wunderschön, wie lange seid Ihr schon verheiratet?"
"Wir haben schon silberne Hochzeit hinter uns und wir sind immer noch glücklich wie am ersten Tag.
Ich warne Dich, lass Deine Finger von meiner Frau, sie gehört mir. Deine lüsternen Blicke habe ich wohl gesehen."

"Keine Sorge Martin, ich kann keiner Frau mehr gefährlich werden."

Annette ist fertig und richtet das Essen an, aber Bernd ist noch gesättigt und stochert nur herum.
"Schmeckt es Dir nicht? Annette ist eine gute Köchin."
"Tut mir leid, aber mein Appetit ist nicht groß."
"Was hältst Du von einem Stadtbummel nach dem Essen?"
"Gerne, endlich wieder einmal ganz normale deutsche Geschäfte sehen."
Bernd ist ganz unruhig und kann es kaum erwarten wieder unter die Menschen zu kommen, die nicht mit Nachthemden und Turban herum laufen.
Annette beobachtet Bernd mit einem Lächeln und stupst Martin in die Seite, während sie das Geschirr abräumt.
"Geht Ihr Männer ruhig einen Bummel machen und trinkt nicht soviel."
Das lassen die Herren sich nicht zweimal sagen und erheben sich von ihren Plätzen.
"Sag mal, willst Du so wie Du gekleidet bist in die Stadt gehen?"
Bernd sieht an sich herunter und muss eingestehen, dass er nichts anderes hat.
Martin bittet ihn in das Schlafzimmer und holt ver-schiedene Sachen aus dem Schrank, die ihm passen könnten. Bernd probiert gleich alles an und behält das, was er für angemessen hält.
"Na, kann ich so gehen?"
"Auf jeden Fall, dann lass uns jetzt endlich gehen und Lüneburg unsicher machen."
Der alte Markt mit dem Brunnen aus dem Mittelalter ist eine Anlaufstelle, wo man draußen sitzen kann.
Martin bestellt gleich zwei kühle Bier und die Herren schauen sich derweil um, was es noch so zu sehen gibt.

Plötzlich erblickt Bernd eine Frau, die ihm irgendwie bekannt vorkommt.

Er überlegt angestrengt, kommt aber nicht drauf.

"Was hast Du?"

"Schau die Frau da drüben kommt mir bekannt vor, aber ich weiß sie nicht ein zu ordnen."

Martin lacht los und sagt:

"Das ist unser berühmter Vamp mit ihrem alten Bus, den sie hegt und pflegt. Ein Kampfhund bewacht ihr Anwesen."

Bernd klopft sich an die Stirn und sagt:

"Jetzt weiß, ich woher ich die kenne. Die hat mir damals vor der Haustür den Bus geklaut. Mensch, da muss ich Kontakt aufnehmen und mir etwas einfallen lassen."

"Wie willst Du das denn anstellen? Dieser Vamp ist männerfeindlich, da hast Du keine Chance."

"Abwarten, Du kennst nicht den weltmännischen Bernd, der jede Frau herum gekriegt hat."

"Hör mal werter Cousin, darf ich Dich daran erinnern, dass Du kein Mann mehr bist."

"Eben drum, wenn sie davon erfährt, ist sie da vielleicht anders eingestellt."

"Ich bewundere Deinen Optimismus, aber das musst Du selber verantworten."

"Kannst Du mir was leihen, bis ich wieder flüssig bin?"

"Kein Thema, Du kannst es zurück zahlen wie Du kannst."

"Jetzt pass mal auf, wie Bernd eine schöne Frau rum kriegt."

Bernd steht auf und nähert sich Jane, die gerade Einkäufe macht für ihren Wachhund. Martin beobachtet das Schauspiel voller Spannung, wie Bernd um diese Frau herum scharwenzelt und sich plötzlich fallen lässt. Jane erschreckt und schaut zu Bernd, der auf dem Boden liegt und eine richtige Show abzieht.

"Kann ich ihnen helfen? Wie ist das passiert? Kommen sie, ich helfe Ihnen auf die Beine."
Bernd spielt den Schwerverletzten und ergreift die Hand von Jane, wobei er humpelt und stöhnt.
"Ich habe zurzeit kein Zuhause, weil meine Frau einen anderen jüngeren Mann hat und mich vor die Tür gesetzt."
Jane hat Mitleid und überlegt kurz, ob sie ihn mitnehmen soll, aber sie fühlt sich verantwortlich für den Sturz.
"Wissen Sie was, Sie können bei mir wohnen und mir auf meinem Anwesen sehr nützlich sein, sobald Sie wieder gesund sind. Ich hole eine Taxe und dann kann es losgehen. Warten Sie hier bitte, ich bin gleich wieder da."
Jane läuft zur nächsten Telefonzelle und ruft ein Taxi.
Martin ist fassungslos und kann kaum glauben, was er jetzt live erlebt hat.
Er zeigt Bernd den erhobenen Zeigefinger und gibt ihm durch Zeichensprache zu verstehen, dass er ein Schlitzohr ist.
Als Jane wieder zurück ist, spielt Bernd wieder den Wehleidigen.
"Das Taxi ist gleich hier, sollen wir nicht vorsichtshalber in die Klinik fahren?"

"Oh nein, es ist bestimmt nur eine Verstauchung, vielen Dank."
Als das Taxi einfährt und Bernd mit seiner Jane einsteigt, geht Martin wieder nach Hause mit einem Grinsen.

In wenigen Minuten ist das Ziel erreicht und Jane muss ihren Wachhund in Schach halten.
"Aus Waldemar! Das ist unser neuer Gast, bitte sei ein braver Hund."

Jane bittet Bernd ihr zu folgen und führt ihn in ein helles freundliches Zimmer.

Hier können Sie wohnen und gesund werden. Wenn Sie aus dem Fenster schauen, dann können Sie sehen, wie groß das Anwesen ist und viel Arbeit macht.

Ich werde Ihnen ein gutes Gehalt zahlen und ich weise jetzt schon hin auf absolute Verschwiegenheit hin.

Sollten Sie nicht loyal sein, dann wird es sehr unangenehm. Ich hoffe, wir haben uns verstanden."

Bernd nickt mit dem Kopf heftig und antwortet:

"Absolut, Sie können sich auf mich verlassen."

"Gut, dann hole ich jetzt Verband und Sportsalbe. Welches Bein ist es?"

"Hier das linke."

Als Jane wieder kommt mit dem Verbandzeug, bittet sie Bernd seine Hose aus zu ziehen, was er auch gleich tut.

Sie massiert die streng riechende Salbe auf das Bein und stutzt plötzlich.

"Was ist denn mit Ihnen passiert?"

"Ich bin kastriert worden, weil ich einen Blick auf den Harem vom Sultan geworfen habe. Da hatte ich nur zwei Alternativen, entweder den Tod oder die Kastration."

"Das ist ja schrecklich! Wie kommen Sie damit zurecht kein Mann mehr zu sein?"

"Man gewöhnt sich an alles, wenn man am Leben hängt."

"Wie heißen sie eigentlich?"

"Bernd Müller."

"Hm, der Name sagt mir etwas. Sind Sie nicht der Mann, dem der Bus vor der Tür geklaut worden war?"

"Wieso wissen Sie davon?"

"Weil ich die Person war und der Bus befindet sich auf meinem Anwesen."

"Wirklich? Wie haben Sie das nur gemacht?"

"Ich habe ungeheuerliche Kräfte durch mein Karatetraining. So konnte ich den Bus 30 Meter wegschieben, bevor ich ihn starten konnte und die Tankfüllung reichte auch bis hierher."

"Dann sind wir jetzt Verbündete und von mir erfährt niemand unser Geheimnis. Wir sollten auf unseren Pakt anstoßen."

"Das ist ein guter Gedanke, ich hole gleich eine Flasche Champagner."

Jane läuft herunter in die Küche und ruft Waldemar zu sich.

"Hör zu Waldemar, der gute Mann da oben bleibt jetzt für immer hier. Sei also brav und pass trotzdem auf alles auf."

Mit der Flasche Champagner und zwei Gläsern geht Jane wieder zu Bernd, wohin Waldemar natürlich folgt.

Als Waldemar mit ins Zimmer kommt, kriecht Bernd in die äußerste Ecke.

"Waldemar tut nichts, er kommt nur seinen Gast begrüßen und will Pfötchen geben."

"Das ist der Witz des Tages, hier handelt es sich um eine Pranke."

Jane krault Waldemar das Fell und bittet ihn Bernd zu begrüßen.

Mit einem Satz ist Waldemar bei Bernd, schnüffelt an ihm herum und gibt seine Pranke zur Begrüßung.

"Jetzt seid ihr bekannt miteinander und Waldemar wird gehorchen."

Bernd kommt nun langsam näher und streichelt zaghaft das üppige Fell von Waldemar, der sich das gerne gefallen lässt.

"Na also, geht doch."
Für Bernd hat das Abenteuer ein Ende genommen und er lebt bis ans Ende seiner Tage bei Jane.

ENDE